KB017704

그토록 순수한 녀석들

그토록 순수한 녀석들

파트리크 모디아노 지음
진형준 옮김

문학세계사

차례

······그토록 순수한 아이라니!

투르게네프, 「베진 초원」(『사냥꾼의 수기手記』) 중에서

1
발베르 학교

조약돌이 깔린 드넓은 가로수길이 완만한 경사를 이루며 성곽이라 불리는 본관까지 이어져 있었다. 그리고 바로 오른편의 방갈로로 된 양호실 앞쪽에는 너무나 놀랍게도 흰색 깃대가 있고, 꼭대기에는 프랑스 국기가 펄럭이고 있었다. 그 풍경은 주위 분위기와는 사뭇 생경한 느낌을 주었다. 매일 아침, 장 슈미트 씨가 명령을 내리게 되면, 우리들 중의 한 명이 그 깃대에 국기를 게양하곤 했다.

"전체, 차렷!"

깃발은 서서히 올라갔다. 장 슈미트 씨 역시 차렷 자세를 취했다. 그의 장중한 목소리가 침묵을 깨뜨렸다.

"쉬어…… 반 우향우…… 앞으로 갓!"

그러면 우리는 보조를 맞추어 넓은 길을 따라 본관까지 행진을 했다.

내 생각에 장 슈미트 씨는 각지에서 우연히 모여든 우리들이 규율이 주는 혜택이나 조국이 주는 격려 따위에 익숙해지길 바랐던 것 같다. 11월 11일(역주:프랑스 제1차 세계대전 승전 기념일)이면 우리는 마을의 행사에 참여했다.

우리는 본관 앞 운동장에 열을 지어 모였다. 우리 모두는 선원식의 푸른색 셔츠를 입었으며 같은 색의 트리코트 넥타이를 맸다. 페드로 장 슈미트—우리는 교장 선생님의 별명을 페드로라 지어 불렀다—씨가 출발 신호를 했다. 페드로가 앞서서 지휘를 하고, 학생들이 키 순서대로 열을 맞추어 길을 따라 내려갔다.

각 학급의 선두에는 키 큰 학생 세 명이, 한 명은 꽃다발을, 또 한 명은 프랑스 국기를, 그리고 나머지 한 명은 삼각형의 노란 얼룩이 진 청색의 우리 학교 교기를 든 채 앞서 가고 있었다.

에체바리에타, 샤렐, 맥 파울즈, 데조토, 뉴망, 카르베, 몽세프엘 오크비, 코르퀴에라, 아르시발, 피루즈, 몽테리, 그리고 반은 그리스계이고 반은 에디오피아 혈통인 쾸조풀로스 등 대부분의 내 친구들은 기수 역할을 담당했다. 우리는 정문을 나서서 낡은 비에브로 석교石橋를 건넜다. 이전에 오베르캉프라는 세

탁업자의 집이었던 읍사무소 앞에는 그의 청동상靑銅像이 대리석 받침돌 위에 우뚝 서서 우리가 열을 지어 행진하는 모습을 퀭한 눈초리로 바라보고 있었다. 곧이어 건널목이 나타났다. 기차가 온다는 것을 알리는 종소리가 울리고 건널목이 차단되어 우리는 차렷 자세로 꼼짝 않고 서 있었다. 차단기가 삐걱 소리를 내며 들어 올려지자 페드로는 마치 등산 안내자처럼 팔을 커다랗게 흔들었다. 우리는 행군을 계속했다.

마을 간선도로변 보도에 어린 아이들이 서서, 마치 우리가 외국 군대의 군인들인 양 박수를 치고 있었다. 우리는 교회 앞 광장에 모여 있는 재향군인들과 합쳐졌다. 페드로가 윤기 없는 목소리로 우리에게 차렷 자세를 취하도록 다시 명령을 내렸다. 그러면 깃발을 들고 있던 학생들은 그것들을 전사자 기념비 앞에 내려놓았다.

*

발베르 학교는 이전에 아르투와 백작의 친구로서, 대혁명기의 귀족 망명 시, 그 백작과 함께 이곳에 왔던 발베르라는 사람의 옛 소유지에 자리잡고 있었다. 훗날 그는 오스테를리츠 전투에서 러시아 군대의 장교 신분으로서, 이즈마이로브스키 연대의 복장을 한 채 자기의 동족들에 대항해 싸우다가 전사했다. 이제 그에 관한 것이라곤 이름과 정원 끝의 반쯤 허물어진 분홍색 주랑柱廊밖엔 남은 것이 없었다.

친구들과 나는 그 사나이의 우울한 가호 아래서 자라났으며, 아마도 우리들 중 몇몇은 자신도 모르는 채 아직도 그 흔적을 간직하고 있으리라.

*

페드로의 집은 게양대와 기숙사 반대편의, 길이 시작되는 쪽에 들어앉아 있었다. 반짝반짝 빛나는 칠을 해놓은 그 초가집을 보고 우리는 백설공주와 일곱 명의 난쟁이가 살고 있는 집 같은 느낌을 받았다. 페드로가 공들여 가꾸고 있는 영국식 화단은 바로 그 집의 울타리 구실을 해주었다.

내게는 그 집을 방문할 기회가 딱 한 번 있었는데, 바로 나의 무단 외출 사건 때였다. 그때 나는 샹젤리제 거리를 그 무언가를 찾는 듯이 정신없이 헤맸었고, 정신이 들어 학교로 돌아가려 했을 때는 이미 사단이 나 있었다. 사감 선생이, 페드로가 나를 기다린다고 전해 주었다.

반짝반짝 윤이 나는 가구들, 타일 바닥, 이탈리아식 질그릇

들, 염색된 작은 격자무늬 창문의 내부 장식이 네덜란드 식의 내음을 풍겼다. 방 안에는 램프 불 하나만이 켜져 있었다. 페드로는 두꺼운 통나무로 만든 아주 고풍古風스러운 책상에 앉아 있었다. 그는 파이프를 물고 있었다.

"오늘 오후에 도대체 어디 갔었나? 이곳 생활이 쓸쓸하다고 생각하나, 에드몽 클로드?"

그 질문에 나는 놀랐다.

"아뇨…… 절대 쓸쓸하지 않아요."

"잘못은 용서해 주지. 하지만 이제부턴 외출 금지야."

우리는 얼굴을 마주한 채, 얼마간을 침묵 속에 빠져 있었으며, 그 사이 페드로는 생각에 잠긴 듯이 파이프를 빨아 댔다. 그가 나를 문 앞까지 데리고 갔다.

"다시는 그러지 마."

그가 슬프고 애정 어린 시선으로 나를 얼마간 바라보았다.

"무언가 하고 싶은 이야기가 있거든 내게로 와요. 자네가 쓸쓸하게 지내는 걸 바라지는 않으니까."

나는 본관 쪽을 향해 길을 따라 걷다가 뒤를 돌아보았다. 페드로가 현관 앞에 꼼짝 않고 서 있었다. 여느 때의 그의 모습은 온통 견고함 그 자체였다. 산악 지대 사람의 꿋꿋한 그 얼굴, 땅딸막한 그 실루엣, 그가 물고 있는 파이프, 보 지방 사투리가 섞인 억양 등……. 한데 그날 저녁 처음으로 그는 내게 근심에 젖은 모습을 보였다. 나의 무단 외출 사건 때문일까? 그는 자기가 섭정처럼 다스리고 있는 발베르 왕국—점점 더 삭막해지고 이해할 수 없게 되어 가는 이 세상에 의해 위협을 받고 있는 그 왕국—을 우리가 떠나게 되었을 때, 그리고 그 자신이 더 이상 아무것도 해줄 수 없는 처지가 되었을 때, 우리의 장래가 어찌될 것인가에 대해 생각하고 있었음에 틀림없었으리라.

*

마을의 간선도로는 우리가 오후나 저녁 때 휴식을 즐기거나 필드하키 시합을 벌이곤 하는 넓은 잔디밭을 통과하고 있었다. 잔디밭 안쪽 성벽 쪽에는 집채처럼 커다란 토치카가 하나 우뚝 서 있어서 전쟁의 흔적을 보여 주고 있었다. 전쟁중에 학교 건물은 루프트바페(역주: Luftwaffe, 제2차 세계대전 당시 독일의 공군)의 참모본부로 상용되었던 것이다. 그 뒤쪽으로 좁은 길이 페드로의 집과, 학교 정문까지 이어져 있었다. 그 토치카보다 약간 낮은 건물이 오렌지 저장고를 개조해서 만든 체육관이었다.

꿈속에서 종종 나는 본관까지 이르는 간선도로로 가곤 한다. 그 오른쪽 편으로는 우리가 체육복을 갈아입는 강의실로 사용하는 갈색의 바라크 건물이 있다. 이윽고 나는 자갈이 깔려 있는 본관—난간 달린 계단이 있는 3층 건물—앞의 연병장에 도착한다. 그 건물은 말메종 성곽을 본따 19세기 말에 건립한 것이다. 나는 계단을 올라가 문을 열고 들어선다. 문은 뒤에서 제 혼자 닫히고 내 눈앞에는 두 개의 식당으로 향하는 검고 흰 포석들이 깔린 홀이 나타난다.

성곽의 왼쪽 날개 부분으로부터는—페드로는 그 건물을 1950년대 초에 새로 지었으며, 우리는 그것을 '새로운 날개'라고 불렀다—길이 하나 나 있어, 페드로가 자신의 조국인 스위스를 찬양하여 콩페데라시옹(역주:스위스 제네바에 있는 거리 이름)이라 이름붙인 운동장까지 연결된다. 꿈속에서 나는 그 길을 택하지 않고, 페드로나 다른 선생님들만이 갈 수 있었을 뿐 우리들에겐 통행 금지 구역이었던 소로로 들어선다. 녹색으로 뒤덮인 오솔길에는, 규모가 작은 로터리가 있고, 소사나무 묘목들, 쥐똥나무 향기가 가득한 작은 미로는 콩페데라시옹 운동장까지 연결되어 있다.

그 운동장 둘레에는, 마을 광장에서 볼 수 있듯이, 여러 집들이 띄엄띄엄 떨어져 있었는데, 이 집들은 교실, 기숙사, 혹은 대여섯 명이 함께 지내는 방들로 사용되었다. 집마다 제각각 이름이 붙어 있었다. 투르 지방 귀족의 별장(성채) 분위기가 나는 에르미타주(역주: 은자의 처소, 오두막), 노르망디 풍의 목조 건물인 벨자르디니에르(역주: 라파엘로가 제작한 여러 점의 성 모자 상 가운데 가장 대중적 사랑을 많이 받은 작품 중의 하나인 〈아름다운 정원사〉), 파비용 베르(역주 : 작은 녹색 별장), 로지(역주: 여인숙), 샘물과 미나레트(역주 : 회교 사원 첨탑), 아틀리에, 라빈느(역주 :작은 협곡, 급류), 그리고 마치 거부가 생 제르베에 있는 알프스식의 호텔을 조각조각 떼어다 이곳 센에 옮겨다 놓은 것처럼 보이는 샬레(역주: 스위스의 목자 오두막)가 그것들이었다. 운동장 안쪽, 옛날에 외양간이었던 종탑이 있는 건물은 영사실이나 연극 공연 장소로 쓰였다.

정오 때쯤 되어 우리가 점심을 먹으러 열을 지어 본관으로 들어가기 전이나, 페드로가 무언가 중요한 얘기를 하고자 할 때면 우리는 운동장에 모였다. 그때마다 '몇시 몇분까지, 콩페데라시옹에 집합' 이라고 알려 왔으며, 이 수수께끼 같은 말은 우리들 사이에서나 이해될 수 있었다.

나는 운동장에 있는 그 모든 집에 다 묵어 보았는데 그중 가장 내 맘에 드는 것은 파비용 베르였다. 그 건물에 그 이름이 붙은 것은 전면을 덮고 있는 송악 덩굴 때문이었다. 휴식 시간 중비가 오면 우리는, 그 파비용 베르의 베란다 밑에서 비를 피하곤 했다. 잘 다듬은 나무로 만든 계단이 바깥으로 나 있어 2층과 3층으로 연결되었다. 2층에는 도서관이 있었다. 오랫동안 나는 샤렐, 맥 파울즈, 뉴망과 함께 3층 방들 중 한 곳을 썼다.

봄밤이 되면 우리는 창문을 활짝 열어 놓고 파비용 베르에 앉아 담배를 피웠다. 학교 전체가 잠들기까지는 오랜 시간을 기다려야만 했다. 우리가 택할 수 있는 창문은 두 개가 있었다.

하나는 페드로가 스코틀랜드식의 실내복을 입고 파이프를 입에 문 채 이따금 순찰을 하곤 하는 콩페데라시옹 운동장 쪽으로 나 있었고, 또 하나는, 비에브르 강 굽이를 따라 나 있는 시골길을 굽어 보고 있는 그보다 훨씬 작은 창이었다.

나와 뉴망은 종종 줄을 준비하였는데, 우리는 그 줄을 이용해서 벽을 타고 밑으로 내려가곤 했다. 맥 파울즈와 샤렐은, 매일밤 같은 시각에 기적을 울리며 지나가는 기차를 타자는 계획을 세우곤 했다.

그런데, 도대체 그 기차는 어디로 가는 것이었을까?

2

유랑 극단

선생님들 중의 몇 명은 콩페데라시옹 운동장 근처의 집들에 살고 있었는데, 페드로는 그들을 그 건물의 '주임'이라고 불렀다. 그들은 그 건물의 책임자들이었으며 상급 학년인 3, 4학년 학생들 중에서 뽑은 '감독생'들의 도움을 받아 규율 지도를 했다. '감독생'들은 저녁마다 침구는 잘 정돈되어 있는지, 벽장은 정결한지, 구두는 잘 닦아 놓았는지 등, 이른바 '내무 사열'을 했다. 아홉시가 되어 소등이 되면, 그들은 누군가 불을 켜고 있지나 않은가, 또한 시끄럽게 굴지는 않나 하고 감시를 했다.

파비용 베르의 주임은 우리의 체육 선생님이신 코브노비친느 씨—우리는 그냥 코보라고 불렀다—였다. 그는 휘하에 '감독

생' 을 한 명도 두고 있지 않았다. 따라서 우리들이 묵고 있는 방에서 '내무 사열' 따위는 없었다. 우리는 우리가 원하는 시간에 아무 때나 불을 끌 수가 있었다. 단 한 가지 위험이란, 페드로가 야간 순찰 중에 우리들 창문의 빛을 발견하지나 않을까 하는 것이었다. 그런 때면 그는 마치 민방위 대원처럼 호각을 불어젖혔다.

코보의 주종목은 그 무엇보다도 테니스였으며, 자기가 좋아하는 학생들에게는 자신의 낡은 명함을 내주었다.

코브노비친느

테니스 교수 자격증 소지자

디에 모넹 가 8번지

파리 구區

큰 키에 백발을 뒤로 빗어 넘긴 코보는 흰색 바지를 입고 다녔다. 그는 개 한 마리를 기르고 있었는데, 녀석은 가끔 우리들 방으로 놀러왔다. 불면증이 있던 코보는 밤이면 학교의 드넓은 정원을 어슬렁거리며 시간을 보내곤 했다. 새벽 두세시쯤이면 개와 함께 천천히 운동장을 거니는 그의 모습이 창문을 통해 보였다. 하얀 바지가 인광처럼 빛을 발했다. 그가 개의 줄을 풀어

주면, 개가 도망을 가는 모양인지 잠시 후면 개를 부르는 소리
가 들리곤 했다.

"슈─우─우─우─우─라⋯⋯."

그리고 그 부르는 소리는, 새벽 동이 틀 무렵까지 때로는 멀
리서 때로는 가까이서, 마치 오보에의 애절한 가락처럼 울려 퍼
졌다.

지금도 코브노비친느 주임이 매일 밤, 자기의 개 슈라와 함께
산책을 하고 있는지는 알 수가 없다. 내가 학교를 떠난 지 10여
년이 지난 후에, 우리 선생님들 중에 단 한 분만을 만나 보았을
뿐이다. 그는 화학 선생님이신 라포르였다. 한데 들리는 얘기
로는 에드몽, 너 역시 라포르를 만난 적이 있었다던데⋯⋯.

그래, 그날 저녁 우리 극단은 다른 지역의 주민들보다 낫지도
못하지도 않은 그저 그런 곳에서 순회공연을 하고 있었지. 막간
에 실베스트르 벨과 같이 쓰고 있던 내 조그만 방으로 명함식
쪽지 한 장이 전해지더군.

'에드몽 클로드에게. 가능하다면 공연 후에 저녁 식사를 같
이하기를 원하오. 당신의 발베르 학교 옛 화학 선생 라포르.'

"여성 팬인가?"

실베스트르 벨이 물었지.

나는 라포르라는 이름이 한가운데에 잿빛으로 새겨져 있는

그 누런 명함 쪽지에서 눈을 뗄 수가 없었다.

"아뇨, 옛날부터 아는 친한 사람입니다."

내 차례가 되어 몇 분간 하찮은 대사를 하러 무대에 등장했을 때, 맨 앞줄에서 누군가가 관중들의 침묵을 깨고, '브라보, 브라보'라고 외치는 소리를 들었다. 나는 그 소리를 곧 알아들었지. 무덤에서 나오는 듯한 음울한 그 목소리. 우리가 옛날에 교실 안에서 가끔 흉내내곤 하였고, 그 때문에 그에게 송장이라는 별명을 붙이게 했던 그 목소리.

신중하지만 또렷한 노크 소리가 다섯 번 우리들 방문을 울렸다. 마치 모스 부호 소리 같았다. 문을 열었다. 라포르였다.

"방해가 되지는 않았나?"

그가 내 앞에 섰다. 짧게 깎은 백발을 한 채, 청색 윗도리에 발목 위까지 버쩍 올라오는 통이 좁은 바지와, 그 바지까지 올라오는 고무창 달린 커다란 검은 군화를 신은 모습으로, 뻣뻣하게 굳고 겁먹은 듯한 표정을 짓고 있었다. 그는 학교에서도 비슷한 복장을 하고 있었는데 너무 크고 무거운 군화 때문에 느릿느릿한 그의 걸음은 몽유병 환자의 걸음걸이를 연상케 했다.

그의 얼굴은 오그라들고 주름살이 두드러졌지만, 피부색은 예전 그대로 백옥처럼 하얀색이었다.

"선생님, 들어오세요."

지나치게 협소한 방 안에서 실베스트르 벨은 짚으로 만든 단 하나뿐인 의자에 앉아서 화장을 지우고 있었고, 나는 방문을 닫고 들어선 라포르와 거의 몸을 맞대고 있다시피 했다.

"나의 옛 화학 선생님을 소개합니다."

실베스트르 벨은 고개를 돌려 거만하게 보이는 고갯짓으로 라포르에게 인사를 했다. 그는 멋을 내느라고 무대에 등장할 때 착용하는 가발을 벗지 않았다. 그 가발 덕에 그는 무척이나 젊어 보였다. 예순 살이나 되었음에도 불구하고 그는 일광욕과 운동, 미용 체조 등으로 젊음을 유지해 나가는 몇몇 미국 사람들처럼, 서른댓 살밖에 안 된 체할 수 있었다.

"이거, 만나 뵈어서 반갑습니다."

라포르가 인사했다.

그리고 그는 주머니에서 프로그램을 꺼내더니 뒤적거렸다. 주인공들 및 그들의 연기 장면을 찍은 커다란 사진들이 보였고, 페이지를 넘기자 그보다 작은 실베스트르 벨과 다른 코미디언들의 사진 및 우표딱지만 한 내 사진이 보였다.

"여기 사인을 좀 해주시면 영광이겠습니다."

라포르가 실베스트르 벨에게 그의 사진이 나와 있는 페이지를 펼친 프로그램을 건네며 말했다.

"기꺼이 해 드리죠. 댁의 성함은?"

"라포르, 티에르 라포르."

내 동료가 천천히 '티에르 라포르 씨에게 심심한 경의를 표하며, 실베스트르 벨' 이라고 증정사를 쓰는 동안, 라포르와 나는 그의 어깨 너머로 고개를 기울이고 그가 글쓰는 것을 바라보았다.

"감사합니다."

"천만의 말씀을."

실베스트르 벨이 가슴을 펴면서 대답했다.

*

옛 선생님을 지루하게 기다리게 만들고 싶지 않아서, 나는 분장 지우기를 포기했다. 우리 두 명은 함께 극장을 나섰다. 가랑비가 내리고 있었다.

" '아름므 드 라 빌(역주: Armes de la ville, '도시의 군대' 라는 뜻)' 에 자리를 예약해 놓았네. 10시 이후에도 문을 여는 곳은 그곳뿐이지."

라포르가 말했다.

그는 학교 시절과 마찬가지로 뻣뻣한 걸음걸이로 걸었으며, 나는 빗물에 분장이 얼룩져 흘러내릴까 봐 고개를 숙이고 걸었다.

구두창이 질퍽거리는 소리와 누르스름한 외투를 걸친 그의 모습은 흡사 유령이 걸어가는 듯 보였다.

"어느 호텔에 묵고 있지?"

그가 나에게 물었다.

"아르모릭 호텔입니다."

"내일 여길 떠나나?"

"네, 순회공연 차를 타고요."

"좀더 오래 머물 수 있다면 좋았을 것을."

그의 걸음걸이가 태엽을 잔뜩 감아 둔 꼭두각시처럼 빨라져서 그를 놓치지나 않을까 염려 되었다. 누런색의 망토와 고무로 된 구두창이 일정하게 내는 질퍽거리는 소리만이, 이 어둠 속에서 그의 위치를 알려 주는 유일한 신호였다. 갑자기 황량하면서도 커다란 맥주홀의 유리로 된 입구가 눈앞에 나타났다. 건물의 유리와 목조들이 유리 막을 씌운 전구 불빛을 받아 반짝이고 있었다.

"여기 2인용 테이블 하나 예약했는데?"

라포르가 카운터 뒤에 서 있는 갈색 턱수염의 사내에게 예의 그 음침한 목소리로 말했다.

사내가 과장된 팔짓으로 비어 있는 테이블들 쪽을 가리켰다.

"저기서 아무 데나 골라 앉으세요."

라포르는 구석 쪽에 있는 테이블로 나를 데려갔다.

"여기가 호젓하겠다."

그가 말했다.

저쪽 미닫이문의 틈새를 통해 담배 연기와 잡담 소리, 웃음소리 등이 스며들어왔다. 이따금 당구 큐대를 든 사람들이 문틈을 통해 힐끗힐끗 보였다.

"나도 가끔 당구를 친다네."

라포르가 우울하게 말했다.

"여기선 별로 오락거리가 없어서."

라포르가 당구를 치는 모습을 도저히 상상해 볼 수가 없었다.

저토록 뻣뻣한 몸을 어떻게 기울이지? 공을 치려면 아마도 삐거덕 소리를 내면서 몸을 90도 각도로 굽히고는, 그 자세를 유지하기 위해 당구대 끝에 턱을 받쳐 놓아야만 할 것이었다.

"나는 피사라디에르(역주: 니스 지방에서 즐기는 파이의 일종)를 즐겨 먹는데, 자네는?"

그가 말했다.

"저도 그걸로 하지요."

"여기 솜씨가 아주 좋아."

곱슬곱슬한 갈색 머리에, 녹색의 눈을 한 스무살 정도 되어 보이는 청년이 우리들의 테이블 앞에 팔짱을 낀 채 라포르를 야릇한 눈초리로 바라보며 서서 주문을 기다리고 있었다.

"스테판, 피사라디에르 2인분 가져오게."

"그럽지요, 라포르 선생님."

스테판은 고개를 매우 정중하게 끄덕였는데, 지나치게 눈에 띄는 그 몸짓에선 무언가 오만불손한 듯한 느낌이 풍겼다.

"좋은 녀석이지. 독학을 하려고 애쓰고 있다네. 내가 역사책 읽는 법을 가르쳐 주었지. 자네처럼 약간은 예술가적 기질이 있어, 영화 계통에 뛰어들 수 있었으면 하고 있다네."

청년의 얼굴 표정이 일그러졌다. 이런 화제가 그의 정곡을 찌른 것이다.

"저 애는 틀림없이 영화에서 성공할 거야. 얼굴이 천사 같지 않은가?"

그 질문 속에는 안타까운 듯한 색조가 담뿍 담겨 있어서 나는 섣불리 대답할 수가 없었으며, 그와 함께 라포르와 그 청년 사이에 무언가 불편하고 고통스런 관계가 있음을 알 수 있었다.

"어찌되었건, 에드몽, 자네를 다시 만나 보게 되어서 진정으로 기쁘네."

오오, 그는 여태까지 내 성이 아닌 이름을 기억하고 있었던 것인가?

"우리가 서로 못 만난 게 얼마 되었지? 가만 있자 13년 만인 것 같은데…… 그래, 벌써 13년이나 흘렀군 그래……. 한데 자네는 전혀 변하지 않았어."

"선생님도 마찬가지이십니다."

"허, 내가……."

그는 한숨을 내쉬며 짧은 머리카락을 어루만졌다. 네온의 차가운 불빛 아래에서 보니, 그의 얼굴은 방 안에서 볼 때보다 더욱 갸름하고 수척해 보였으며, 피부에는 깊은 주름이 패여 있었다.

"퇴직을 하고 발베르 학교를 떠난 이래 누님과 함께 줄곧 여기 살고 있었지. 집에 함께 가 보면 좋겠지만 누님이 워낙 잠자리에 일찍 드는데다 성미가 좀 괴팍해서……."

"발베르 소식은 들으셨습니까?"

"발베르는 벌써 없어졌다네. 어떤 부동산 회사에서 부지를 사들였지. 그 회사에서 건물을 전부 헐어 버렸다네. 서글픈 노릇이지. 안 그런가?"

처음에는 별다른 느낌 없이 그 소식을 받아들였다. 그러나 다음날은 무너져 내린 벽 위에 쌓인 먼지나 침묵과도 같은 공허감을 느꼈다.

"코브노비친느가 종종 편지를 하지. 지금은 생트 쥬느비에브 데 부아에 살고 있다네. 그가 생각나나?"

"물론이지요. 아주 멋쟁이 타입이었죠, 코보……."

"그래, 맞아. 코보…… 또 자네들이 나를 송장이라고 불렀지."

그는 조금도 악의 없이 웃음을 떠올렸는데, 뼈골을 움직여서 활짝 웃었기에 우리가 그를 송장이라고 불렀던 것이 그 얼마나 그럴 듯했던가를 다시 한 번 상기시켜 주었다.

초록색의 눈을 한 청년이 피사라디에르를 날라 왔다.

"너무 익히진 않았겠지, 스테판?"

"천만에요, 그럴 리가 있습니까요, 라포르 선생님."

"스테판, 자네에게 내 파리 친구를 하나 소개하지. 배우라네. 오늘 저녁에 마을 극단에서 공연을 했지. 나중에 자네에게 충고 한 마디 해주라고 부탁해 보지."

"감사합니다, 스테판 선생님."

그는 여전히 라포르를 조롱하는 듯이 대하고 있어서, 조금 마음이 아팠다.

"자, 스테판, 지금은 우리끼리 얘기가 좀 있어서……."

나의 옛 선생님은 아마도 그의 곁에 '배우' 한 명이 앉아 있다는 사실로 누군가의 호기심과 존경심을 받고자 했던 건 아니었을까?

"나는 종종 발베르 생각을 한다네."

라포르가 말했다.

"저도 그래요."

우리는 돌덩이같이 딱딱한 피사라디에르를 자르느라고 애를 먹었다.

"이거 너무나 딱딱하게 구운 것 같군. 하지만 저 녀석에게는 섣불리 이야기할 수가 없어. 나는…… 나는 저 녀석이 무서워……."

그는 젊은이가 서 있는 홀 저쪽 끝으로 시선을 돌리며 말했다.

"저 녀석에게 우리가 파리에서부터 알고 지내던 사이였다는 사실을 말해 줘야지. 참, 그에게 발베르 이야기는 하지 말게."

발베르 학교……. 이 황량한 식당에서, 검게 탄 피사라디에르 앞에서, 분장할 만한 충분한 공간조차 우리들, 실베스트르 벨과 내가 갖고 있지 못한 이런 처지에서 그것은 그 얼마나 아득하게 느껴지는 곳인가! 꿈속에서나 방문할 수 있는 버림받은 곳, 달빛이 비추는 잡초가 음산한 시골마을에서 우거진 오솔길, 테니스 코트, 숲, 로도덴드론(역주: 만병초류의 식물), 오베르캉프(역주: 독일 출신의 직물 염색 장인)의 무덤…….

"학생들 소식은 들으신 게 있습니까?"

내가 그에게 물었다.

"6년 전에 짐 에체바리에타에게서 엽서를 받은 적이 있지. 생각나나? 갈색 피부를 한…… 자기 고국인 아르헨티나로 돌아갔다네."

그 소식은 라포르를 다시 한 번 깊은 우수에 빠뜨린 것이 틀림없었다.

"아르헨티나는 여기서 무척이나 먼 곳이지 ……."

에체바리에타. 우리는 서로 짝이었다. 수학 시간이면 그는 가만히 책상을 들어올리고는 자기의 폴로(역주: 말 위에서 하는 구기)용 말들 사진을 한 장씩 보여 주곤 했다.

"한데 에드몽, 자네는 누군가 만나 본 친구가 없나?"

"있지요, 맥 파울즈, 다니엘 데조토."

"데조토 생각이 더 또렷하게 나는군."

"에체바리에타와 비슷한 녀석들이었지요. 자기 아버지가 매주 용돈으로 천 프랑씩을 보내 주었으니까요."

"그래…… 그 학교에는 정말 온갖 애들이 다 있었지. 가정 환경이 천차만별이었어……. 그렇지, 에드몽?"

한 조각을 입에 넣을 때마다, 뜨거운 츄잉검을 씹는 듯한 느낌을 주는 피사라디에르를, 우리는 이제 먹기를 그만두었다.

"내가 그 극단에 있는 줄은 어떻게 아셨습니까?"

"유랑 극단의 프로그램은 전부 구해 보고 있다네. 거기서 자네의 이름을 보았지."

벽보 맨 밑에, '실베스트르 벨'이라는 이름의 반 정도 크기로 자그마하게 인쇄되어 있는 초라한 내 이름.

라포르가 내 팔을 잡았는데, 그 포옹은 그의 웃음이나 목소리와 마찬가지로 해골이 껴안는 것 같았다.

"나는 자네가 그 무언가 예술적인 일에 종사하게 되리라고 노상 생각하고 있었지. 학교 때도 이미……."

옆방에서 당구치는 사람들의 고함 소리가 그의 목소리를 덮어 버렸다. 나는 그의 뒤편의 거울에 비친 내 모습을 슬쩍 바라보았다. 아냐, 나는 내가 생각하는 것처럼 어릿광대의 기질을 갖고 있지는 않아. 물론 내 얼굴빛 자체가 유람선원 같은 인상을 주고, 눈썹이 약간은 거무튀튀하고 윤곽이 뚜렷하긴 하지만 지나치지는 않아. 한데도 나는 실베스트르 벨의 충고대로 요란한 색깔로 옛날식 분장을 했고, 그 위에 화장을 닦아 내기 위해 카카오 기름을 바른 채 있는 것이다.

"라포르 선생님, 분장을 한 채라 죄송합니다. 하지만 선생님을 기다리게 하고 싶지가 않아서……."

하지만, 사실은 그 역시 흡사 분장을 한 것 같은 모습이었다. 그의 피부는 피에로의 색만큼이나 하얀색이었던 것이다.

"이보게 에드몽, 분칠한 것이 자네에게는 잘 어울리는데……."

그는 경탄하는 듯한 눈초리로 내 얼굴을 바라보았다. 조금씩 나이가 들어가는 이 처지에…… 아냐, 학생 시절부터 이미 알아보았지……. 더 이상 중요한 역할을 맡을 기회는 없고, 그저 단역이나 그림자역이나 맡을 게 뻔함을 인정할 수밖에 없는 나 같은 존재가 앞으로 이 늙은 화학 선생님 같은 관중은 결코 만날 수 없으리. 주목받지 못하는 직업이나 하찮은 일에 종사한다는 것은 조금도 부끄러운 일이 아니다. 내 방의 동료가 자주 그런 말을 했다. 그는 40여 년이 넘도록 급사나 호텔 지배인 같은 단역을 단골로 맡아 왔다. 그는 무뚝뚝한, 우아한, 굽실거리는, 혹은 실베스트르 벨이라는 그의 이름이 주는 어감처럼 거만한 역들을 자연스럽게 해치웠고, 단역들만 맡은 것이—그의 말을 따르자면—그가 영원히 젊음을 유지하는 비결이었다.

"에드몽, 내가 항상 트랜지스터를 지니고 다니던 것 생각나나?"

라포르는 내 쪽으로 몸을 기울이고는 속삭이듯이 그 이야기를 했다. 그 말을 제대로 이해하는 데는 약간의 시간이 걸렸지만 곧 이어 한여름날의 분위기, 그리고 작은 나뭇가지들의 내음과 함께 한 가지 추억이 나를 감쌌다.

학교에서의 마지막 해였다. 우리는 몰래 수군대며 화학 선생님을 놀려 대곤 했었고, 곧 양심의 가책을 느꼈다. 그래서 우리는 그에게 무언가 선물을 하기로 하고 돈을 갹출하기로 결정했다. 그때 맥 파울즈가 자기 할머니와 종종 가곤 하던 미국에서 그 당시로서는 최신형인 트랜지스터 한 대를 사 오는 임무를 맡았다. 우리는 그것을 수업 시작할 때 라포르에게 주었다. 그는 너무나 감동한 나머지 수업을 그만두고 학교 주위를 한 바퀴 산책하자고 제의했다.

우리는 라포르 선생 주변으로 무리지어 걸었고, 맥 파울즈가 프랑스제 트랜지스터와 외제 트랜지스터의 작동법이 어떻게 다른지를 열심히 설명해 주었다. 맥 파울즈는 열다섯 살밖에 안 되었지만 키가 1m 90cm 가량이나 되었다. 그는 온갖 위험한 스포츠를 즐기고 있었고, 결국은 그 때문에 훗날 목숨을 잃었다. 한데 그날은 아주 어색한 몸짓으로 어떻게 트랜지스터를 사용하는지, 라포르에게 설명을 했다.

태양빛을 받으며 우리는 드넓은 잔디밭을 지나 로도덴드론이 떼 지어 피어 있는 길로 들어섰다. 그리고 경기장 트랙과 테니스 코트를 거쳐 우리는 숲속으로 빨려 들어갔지.

그 다음 날은 방학날이었다. 내게는 아직도 트랜지스터의 음악 소리, 우리들의 목소리, 콘트라베이스의 슬픈 가락처럼 박자를 맞추는 라포르의 목소리, 맥 파울즈의 커다란 웃음 소리들이 들리는 듯하다.

"사실은 에드몽, 자네에게도 사인을 하나 부탁할까 생각 중이었네만……."

갑작스럽게 라포르가 내게, 붉고 황금빛이 도는 우리 연극의 프로그램을 내밀었다. 그가 눈살을 찌푸렸을 때 그의 눈에 눈물

방울이 —그 피골이 상접한 얼굴에 잘 어울리지 않는—맺히는 것을 뚜렷이 볼 수 있었다.

내 사진은 실베스트르 벨의 사진 옆에 나와 있었다. 하지만 작게, 아주 작게…… 겨우 나라는 것을 알아볼 수 있을 정도였다.

나는 썼다.

'라포르 선생님께, 발베르 학교와 그 옛 친구들을 기리며, 에드몽 클로드.'

우리는 탁자에서 일어나 식당의 홀을 걸어갔다. 라포르는 그의 뻣뻣한 팔 위에 외투를 공들여 접어든 채, 자동 인형 같은 걸음걸이로 나를 앞서 갔다. 우리에게 피사라디에르를 접대한 청년은 우아하게 하체를 흔들며 카운터에 기대어 서 있었다. 그는 라포르에 대한 자신의 힘의 우위를 확신하는 듯, 조금 전과 같은 시선을 그에게 보내고 있었다. 라포르가 고개를 끄덕했다.

식사 전보다 비가 좀더 세차게 내렸다. 나는 그가 외투를 입는 것을 도와주었다. 식당 안쪽의 불이 모두 꺼졌다. 우리는 우산이 없었기에, '아름므 드 라 빌'의 양철 처마 밑에서 몸을 맞댄 채, 아무 말 없이 서 있었다.

＊

　그래. 어느 해 크리스마스 이브에, 내가 어린 두 딸과 함께 월트 디즈니의 영화 한 편을 상영하고 있는 '렉스' 극장 입구에 서 있는 모습을 그려 보게나. 줄지어 서 있는 사람들은 모두 부모들과 함께 온 아이들뿐이었지. 우리들 앞 몇 번째에선가, 흰머리의 유난히 뻣뻣한 사내가 내 주의를 끌더군. 그는 누런 외투를 입고 때에 전 잿빛의 목도리를 두른 채 혼자 서 있었어. 그는 혹시 혼자 와서 자기와 말동무라도 할 만한 아이를 찾는 듯이, 자기 주변의 아이들을 슬금슬금 둘러보았지. 그리고 우리들과 눈이 마주쳤어. 바로 라포르였어.

　그는 발작적으로, 마치 현행범이 그러는 것처럼 고개를 돌리더군. 그가 슬그머니 열에서 빠지는 모습이 보였지. 갑자기 열에서 이탈하여 남의 주의를 끌게 될까 봐, 누군가가 어깨에 손을 얹을까 봐 두려워했던 걸까? 나를 알아보았던 걸까? 네가 생각하듯이 물론 그에게 그걸 물어보려고 했지. 하지만 피에르 라포르는 금방, 그 유령 같은 걸음걸이로 거리의 군중 속에 휩쓸려 버리고 말았지.

3
행복한 날로의 귀환

매주 목요일이면, 우리의 기타 선생님이신 지노 보르뎅 씨가 포트르 드 생 클루에서 전철을 타고 학교로 오곤 했다. 그 당시 나는 그가 몽마르트의 오트랑 가 18번지에 살고 있었다는 사실을 알고 있었지만, 지금이야 전화번호부에도 그의 이름이 나오지 않아서 그 사실은 아무런 도움도 되지 못한다.

보르뎅은 항상 암청색의 옷을 입고 다녔는데, 거기 달린 작은 호주머니와 밝은 색의 실크 넥타이가 밝은 분위기를 이끌어 내고 있었다. 안경테는 금박을 입힌 가느다란 것이었으며, 코보와 마찬가지로 금발을 빗어 넘겼다. 목요일 정오 때쯤 되면 그는 왼손에 기타가 든 밤색 케이스를 들고 본관 쪽으로 난 길을 빠른 걸음으로 걸어왔다. 그는 식당의 구석진 테이블에 앉아 식사를 했다. 불행히도 나는 그의 테이블에 함께 앉을 기회가 없었지만, 휴식 시간이면 내내 그를 유심히 살피곤 했다. 그는 곁에 있는 사람들에게 잘 웃어 보였다. 그래, 나는 그가 지니고 있는 일화逸話들을 모두, 진정으로 알고 있었다. 그중 첫째는 그가 하와이언 기타를 프랑스에 도입했다는 사실이었고, 그것이 그의 첫 번째 영예였다.

보르뎅에게는 별도로 아무 방도 할당되지 않았다. 심지어는 '새로운 날개'의 1층에 있는, 계명으로 노래 연습하는 방을 사용하는 것조차 허용되지 않았다. 그는 본관 2층으로 연결되는 계단 앞의 홀에 있는 나무로 된 의자로 쫓겨난 신세가 된 셈이었다. 거기서 바람을 맞으며 어둠침침한 가운데, 그는 부랴부랴 수업을 하곤 했다.

그가 이토록 천대를 받은 것은, 보르뎅의 수업을 듣는 학생 수가 너무나도 적었기 때문이었음에 틀림없다. 오랜 동안 학생이라야, 미셸 카르베와 나 둘뿐이었다. 그러나 학기 말쯤 되어서는 나와 카르베의 강요에 의해, 에드몽 클로드, 샤렐, 포르티에, 데조토, 맥 파울즈, 엘 오크비, 뉴망…… 등이, 목요일 오후가 되면 동그랗게 집단을 이루고 그의 주위에 모여, 그가 연주하는 노래를 듣곤 했다. 목요일 오후는 자유 학습 시간으로서 대부분의 학생들은 잔디밭이나 운동장으로 흩어져 가곤 했던 것이다. 그러나 우리들만은 보르뎅과 함께 있는 것이 늘 즐거웠다.

6시쯤 되면 그는 느린 곡조이면서도, 가슴을 에이는 곡을 연주했다. 제목은 〈How high the moon〉이었다. 그것은 우리들이 헤어져야 할 시간이 왔음을 알려 주는 신호이기도 했다. 카르베와 내가 그를 전차 정류장까지 배웅했다. 페드로가 특별히 우리에게 선생님과 함께 학교 문을 나가서, 자유스런 시간을 보낼 수 있도록 허락해 주었다. 우리 세 명은 공원 앞 보도에서 전차를 기다렸다. 보르뎅은 줄곧, 자기 다리에 기대어 세워 놓은 기타 케이스를 툭툭 건드리고 있곤 했다. 그가 우리를 하나씩 껴안았다.

"안녕, 나의 친구들……."

그는 전차에 올라 항상 뒷자리로 가서 의자에 기타를 놓고 자리에 앉았다. 전차가 건널목을 지날 때쯤 되어서 그는 우리에게 커다랗게 손짓을 해 보였다.

보르뎅의 하와이언 기타 멜로디를 상기하노라면, 내게는 바다를 향해 뻗어 있는, 인적이 없이 햇빛을 받고 있는 그런 길을 따라 불어오는 미풍을 맞고 있는 기분이 든다. 또한 같은 반 친구였던 미셸 카르베를 향한 애정을 되새겨 준다. 우리는 서로가 잘 통했다. 하지만, 카르베에게는 무언가 수수께끼 같은 점이 있었다. 나는 지금, 우리 모두가 같은 설문지에 답을 적어 내야 했던 날을 생각해 본다. 우리는 우리의 생일과 부모님의 직업을 적어야만 했던 것이다.

카르베는 잠시 망설이는 것처럼 보였다. 그는 무언가 깊이 생각하는 듯한 시선을 창문을 통해 밖으로 보내고 있었다. 밖에는 겨울철의 부드럽고 자욱한 햇빛이 콩페데라시옹 운동장을 비추고 있었다. 그는 책상을 들추고는 라루스 사전을 꺼내 무언가를 찾았다. 그러고는 책상을 닫았다.

이윽고 그는 결심했다. 붉은 글씨로 부모님의 직업을 쓰는 난에 공들여 다음과 같이 썼다.

'부정 수뢰자受賂者'

*

이번엔 내가 그 단어의 뜻을 명확히 알아보려고 라루스 사전을 펼쳐 보았으며, 미셸 카르베 자신에게 보다 상세히 설명해 달라고 요구하고픈 마음이 간절했지만, 경솔한 짓 같아서 그만두었다.

나는 빅토르 위고 가에 살고 있는 그의 부모님을, 휴일날 몇 번 만난 적이 있었다. 그들은 아주 품위가 있어 보였다. 제니아 카르베 박사는 키가 크고 호리호리한 사람이었으며, 맑은 눈 때문에 젊은 듯한 느낌을 전해 주었다. 그의 부인은 베네치아 식금발에 사자상의 얼굴을 하고 있었으며, 두 눈은 남편만큼이나 맑았고, 걸음걸이는 대개의 미국 사람들처럼 무심한 듯하면서도 정력적이었다.

우선은, 내 기억 속에 미셸 카르베가 또렷하고 정확한 필체로 쓴 '부정 수뢰자'란 단어가 이 한 쌍에게는 전혀 어울리는 것 같지 않았다.

우리가 불로뉴 숲을 함께 산책할 기회가 있었을 때, 그들을 보다 잘 관찰할 수가 있었다. 가을철의 토요일 오후였다. 잿빛의 하늘과 풀잎의 내음과 습기를 머금은 땅……. 그들은 카르베와 나를 앞서 나란히 걸었는데, 카르베 박사와 부인의 우아한 실루엣은 내게 기가 막히게 잘 어울리는 한 쌍으로 보였다.

우리는 바가텔 공원을 지나, 내리막길을 따라가 폴로 경기장에 이르렀다. 밤이 다가왔다. 갑자기 미셸 부모의 행동 중, 한가지가 내 마음을 찔렀다. 그들은 그에게 한 마디 말도 건네지 않았으며, 그에게 온통 무관심한 태도를 보였던 것이다. 또한 내 친구의 옷차림은 카르베 부부의 옷차림과 너무도 대조적이었다. 그는 여기저기 기운 헌 바지와 그에게는 너무 큰 낡은 저고리를 입고 있었다. 외투도 없었다. 거기다가 고무로 된 샌들을 신고 있었다. 학교에서 나는 그의 구두에 구멍이 났기에, 내 구두 두 켤레를 준 적이 있었다.

얼마 후, 카르베 박사의 커다란 검은색 차의—그는 진흙 덩어리가 엉겨붙은 그 차를 별로 돌보지 않는 것 같았다—뒤편 의자에 우리들, 나와 카르베가 앉았다. 카르베 박사는 담배를 피우며 차를 몰았다. 이따금씩 박사와 부인이 짤막한 말을 주고 받았다. 내 친구도 익히 알고 있는 사람의 이야기가 화제인 것 같았다.

"미셸, 우리는 오늘 저녁에 떠난다. 냉장고에 햄 한 조각 넣어 둔 게 있어."

카르베 부인이 말했다.

"알았어요, 엄마."

"그걸로 되겠니?"

"네."

그녀는 그 말들을 무심한 목소리로 약간 무뚝뚝하게, 뒤를 돌아다보지도 않은 채로 해 버렸다.

*

부정 수뢰자. 나는 '이비인후과 전문의 12번지 빅토르 위고

가 16구 파시 38-80' 이라는 문구가 머리 부분에 인쇄되어 있는 제니아 카르베 박사의 푸른색 편지지를 하나 가지고 있었다. 거기에 그는 꼼꼼한 글씨체로 나에게 몇 가지 처방을 적어 주었던 것이다. 어느 날 저녁 그는, 내가 어디가 아프다는 이야기를 미셸에게 들었다며 나를 진찰했다. 그의 진찰실에서 그는 평상시에 자기 아들과 나에게 보였던 그런 정중한 무관심을 여전히 드러내 보였다. 나는 서가의 시렁 위에 헌사가 붙여진 사진들이 있음을 발견했다. 대부분은 가죽으로 테를 입힌 것이었는데, 나는 그것들을 좀더 자세히 볼 양으로 천천히 그쪽으로 접근했다.

"친구인 동시에 손님인 사람들의 것이야."

카르베 박사가 어깨를 으쓱하면서, 입술 가장자리에 담배를 문 채 말했다.

*

부정 수뢰자. 그 설문서에 그렇게 야릇한 대답을 미셸이 써낸 다음날, 교실 유리창을 통해 카르베 박사의 검은색 승용차가 콩페데라시옹 운동장을 통과하더니, 본관으로 이르는 길 쪽을 향해 회전하는 것이 보였다. 카르베 박사가 우리 학교를 방문하기는 그것이 처음이었다. 미셸의 부모님들은 한번도 미셸을 보러 오거나, 외출날 그를 데리러 온 적이 없었던 것이다. 외출날 그는 나와 함께 생 클루 역까지 전차를 타고 갔다. 그런 후 지하철을 탔다. 내 친구는 눈썹 하나 까딱하지 않았다. 그는 오히려 자기 아버지의 자동차 따위에 대해선 아무런 주의도 기울이지 않는 척했다. 얼마 후 사감 한 명이 교실로 찾아왔다. 영어 수업 시간이었다.

"카르베, 교장 선생님이 좀 보자신다. 너희 아버님과 함께 계셔."

미셸은 일어났다. 낡은 청색 바지를 입고 샌들을 신은 채 그는 마치 처형장으로 끌려가는 것처럼, 어색한 걸음걸이로 사감의 뒤를 따랐다.

*

미셸이 써 놓은 설문지를 제니아 카르베 박사에게 보인 것이 틀림없었으리라. 교장 선생님이신 장 슈미트 씨의 방에서 아버지와 아들은 과연 무슨 이야기를 했을까? 그런 일들에 대해 내가 조사 비슷한 것을 한 것은 훨씬 뒤의 일이다. 미셸을 오랫동안 보지 못했고, 그후에 그의 운명과 그의 부모들의 소식을 나는 듣지 못했다. 제니아 카르베는 더 이상 빅토르 위고 가에 살지 않았다.

부정 수뢰자. 나는 많은 사람들에게 물어보기도 했으며, 그 옛날의 신문들, 미셸과 내가 그의 아버지와 함께 숲속을 산책하던 그 가을날 토요일의 내음을 상기시키는 신문들을 뒤적이기도 했다. 돌아오는 길에 카르베 박사는 뇌이이의 마드리드 가 모퉁이에 자동차를 세웠었다.

"자, 이제 여기서들 내려라. 우리는 다른 친구들과의 약속이 있어서."

미셸은 아무 말 없이 차의 문을 열었다.

"잊지 마……. 냉장고 속에 햄 조각이 있다는 걸."

카르베 부인이 지친 듯한 목소리로 말했다.

우리는 생 잠므 가 쪽으로 사라져 가는 자동차에 눈길을 준 채 얼마 동안 말없이 서 있었다.

"나는 지하철 차표가 없는데, 너는?"

미셸이 말했다.

"나도 없는데."

"좋다면 같이 가서, 햄을 나눠 먹자."

그가 웃음을 터뜨렸다. 그곳의 거리는 어두워서 우리는 낙엽이 쌓인 보도 위를 더듬거리며 걸었다. 뇌이이 가 쪽으로 가까이 감에 따라, 앞이 조금씩 밝아졌다. 식당의 창문을 통해 불빛이 쏟아져 나오고 있었다. 보도의 낙엽더미는 점점 더 두껍게 깔려 있어 신발 뒤축에 달라붙었다. 그것들의 쓰디쓴 내음은 낡아서 파삭파삭한 옛날의 신문 뭉치들을 하나씩 넘기며 그 누군가의 사진 하나, 이름 하나, 사라져 가는 흔적을 하나라도 발견하려 애쓸 때 맡게 되는 내음과 같은 것이었다.

*

신문 하단의 단 한 줄의 짤막한 기사. 카르베 부부의 이름이 짤막하게 나와 있었다. 미셸은 그것을 알고 있었으리라. 그가 태어난 지 두 해 후에 있었던 사건이었다. 그 출처가 의심스러운 가구들과 그림들과 보석들이 카르베의 집에서 발견된 것이었다. 그들 부부는 얼마간의 징역과 집행유예를, 그리고 '은닉죄'로 인한 2만 프랑의 벌금을 선고받았다.

기사에 의하면 그때 카르베 부인이 몸에 꼭 맞는 터키식 복장을 하고 흰 가죽 벨트를 매고 있었음을 분명히 밝히고 있었다. 그러나 그 누구도 그 의사와 부인에 대해 부정 수뢰자라는 말은 한 번도 사용하지 않고 있었음을 나는 인정하지 않을 수 없다.

＊

그들은 과연 내가 알고 있던 사람들, 내 기억 속에서 우아한 실루엣으로 미끄러지듯 움직이고 있는 그 사람들과 동일인들일까?

마침내 나는 몽테뉴 가에 있는 어느 바에까지 가 보았다. 그곳은 이전에 사교계 사람들이나 돈 많은 사람들이 자주 드나들던 곳이었다. 거기서 나는 내 의문을 풀어 줄 사람을 하나 만났다. 그는 오래전부터 단골 손님으로서 50년 전부터 '온갖 사람들' 과 사귀고 있었다.

내가 카르베 부인이라는 이름을 입에 올리자 마자, 그의 시선 속에 갑작스레 연민의 표정이 떠올랐는데, 마치 그 이름이 자신의 젊은 시절, 혹은 내 친구 어머니의 젊은 시절을 회상시켜 주기라도 하는 것 같았다.

"앙드레 라 퓌트(역주: 퓌트라는 말 속에는 망할년의 뜻이 포함되었음) 얘기를 하는 건가?"

그가 낮은 목소리로 내게 물었다.

미셸과 나는, 그의 부모들이 살고 있는 건물 정면에 있는 빅토르 위고 가의 어느 카페에 마주 앉아 있었다. 부활절 방학이 시작된 이래 그는 집으로 돌아가지 않고 있었다. 우리 반 친구인 샤렐이 그에게 거처를 제공해 주었다.

그는 여전히 낡고 커다란 옷, 즉 여기저기 기운 바지와 단추가 여러 개 떨어진 윗도리를 입고 있었다.

"지금 갈 수 있겠지?"

그가 말했다.

"생각을 바꿀 의도는 없니?"

"없어. 자, 가봐. 기다리고 있을께."

나는 일어나서 카페를 나섰다. 나는 길을 건넜으며, 12번지 현관을 들어설 때 가슴이 설레였다. 몇 층인가를 잊었기에 수위실의 적갈색 문에 매달려 있는 인명부를 찾아보았다.

'제니아 카르베 의사. 3층 오른쪽.'

엘리베이터를 타지 않기로 작정하고 나는 계단을 택했으며, 한 계단 한 계단 오를 때마다 오랫동안 멈추어 서곤 했다. 이윽고 카르베 박사의 층에 오르자, 나는 마치 권투 선수가 시합이 시작되기 전에 링에 기대어 선 것처럼 난간에 몸을 기댄 채 얼마간 꼼짝 않고 있었다. 이윽고 나는 벨을 눌렀다.

문을 연 것은 카르베 부인이었다. 그녀는 바둑판 무늬의 원피스와, 그녀의 금발을 두드러지게 해주는 검은 블라우스를 입고 있었다. 나를 보고 별로 놀라는 것 같지 않았다.

"미셸에게 필요한 물건들을 대신 찾으러 왔는데요."

"아 그래, 들어와요……."

그가 이미, 내 방문을 알리는 전화를 해 놓았음에 틀림없었다. 혹은 그녀가 자기 자식의 일에 대하여 무관심해서였을까? 우리는 현관을 지나갔다. 골프 가방이 바닥에 넘어져 있었다.

그녀가 복도 맨 첫 방의 문을 열었다.

"자…… 저기예요. 아마 그 애 물건들은 벽장 안에 있을 거야. 난 잠시 볼 일 좀 보겠어요."

그녀는 내게 매력적인 웃음을 지어 보이고는 사라졌다. 아주 가까운 곳에서 카르베 박사의 목소리가 들렸다. 그가 꽤 오래 이야기를 했지만 대답하는 소리는 들리지 않았다. 틀림없이 전화로 대화를 하고 있는 모양이었다.

미셸의 방은 너무나 좁아서, 원래는 다락방이 아니었을까 의심이 들 정도였다. 이 새장 같은 방에는 어울리지 않게 커다란 창문이 하나 나 있었다. 어슴푸레한 빛밖에는 들어오지 않는 그 유리창에 나는 이마를 갖다 댔다. 하지만 오후 두시여서 밖에는 해가 떠 있었다. 창문은 아주 비좁은 마당을 향해 나 있었다.

자기 부모들이 안 계신 동안 미셸이 나를 데리고 오곤 했던 이 커다란 아파트에서 왜 그들은 미셸에게 이토록 좁은 방을 주고 있는 것일까? 그 방은 스스로 택한 것이라고 미셸이 말하긴 했지만.

야전 침대 위에는 요도 없이, 스코틀랜드식 담요가 하나 있을 뿐이었다. 미셸은 그것을 가져오라고 했다. 나는 벽장을 열고, 학교용 청색 운동 가방 속에 그의 옷들을 챙겨 넣었다. 낡은 양말 몇 켤레와 한 벌의 수영복, 손수건 하나, 쟈켓 두 벌, 셔츠 세 벌. 셔츠는 그의 바지와 마찬가지로 기운 것이었으며, 깃 안쪽에는 재봉질로 커다랗게 할퀴어 놓은 듯한 특징이 있었다. 요컨대 그 옷도 어머니의 낡은 블라우스를 손질해서 만든 것이었다. 미셸의 부모는 그들의 낡은 옷들을 그에게 입혔다. 그에게는 너무 크고 올까지 다 해진 그의 윗저고리도 아버지의 것으로 마르뵈프 가의 유명한 재봉사의 손을 거쳐 그에게 온 것이었다.

여전히 카르베 박사가 전화에 대고 하는 독백 같은 이야기가 들려왔다. 때때로 웃음을 터뜨리기도 했다. 여닫이문이 열리더니 카르베 부인이 빠끔히 모습을 드러냈다.

"자, 이제 볼 일은 다 보셨나?"

그녀는 내게 함뿍 미소를 보냈다. 천장에 매달린 전구가 그녀의 얼굴을 눈부시게 비추어 얼굴의 주근깨를 환히 드러내 보여 주었다. 그제서야 나는 그녀의 어떤 모습이 나를 감동케 하는지 보다 잘 깨달을 수 있었다. 그녀는 경박함과 무기력이 뒤섞여 있는 것 같은 느낌을 주었는데 그것은 마치 프랑스 18세기에, 사틴(역주: 부드러운 천의 일종)이나 크리스탈 글라스에 사람들이 플라고나르(역주: 프랑스의 18세기 화가) 갈색이라 일컫은 그 색을 배어들게 해놓은 것과 같았다.

"미셸의 옷들을 다 챙겼어요?"

"네."

그녀는 운동 가방 속을 찬찬히 살펴보았다.

"학생한테 가방을 하나 내줄 걸 그랬군……. 미셸이 집으로 결코 돌아오지 않을 거라고 생각해요?"

"전 모르겠습니다."

"어찌되었건, 언제든 돌아오면 반겨 줄 거라고는 얘기해 줘요."

나는 운동 가방을 들어 어깨에 메었다.

"잠깐! 이거 미셸한테 좀…… 얼마 안 되는 용돈인데……."

그녀는 내게 꼬깃꼬깃한 10프랑짜리 지폐를 쥐어 주었다.

"그 애는 언제나 마찬가지였어."

그녀는 내게 아득한 목소리로 말했다. 마치 그 누구도 자기의 이야기엔 귀를 기울이지 않는 것처럼 체념한 듯했으며, 스스로에게만 말하는 것 같았다.

"어렸을 적에 프레 카틀랑에 데리고 간 적이 있었는데 역시 숨어 버리곤 했지…… 어떨 때는 찾아내는데 한 시간이 걸리기도 했었어…… 가엾은 미셸……."

그녀가 앞서서 현관 쪽으로 걸어갔다. 카르베 박사는 외국어로 감탄사를 발하면서 여전히 전화 통화를 하고 있었다.

이윽고 나는 문 밖으로 나섰다. 그녀는 문을 닫기 전에 약간 망설였다.

"잘 가요……."

그녀가 내 팔을 잡았다.

그녀의 손에 입맞춤을 해야만 할 것 같았으나 그냥 잡아 주기만 했다.

"잘 가요. 제니아가 자기 일이 바빠서 학생을 못 만나긴 했지만 아버지가 항상 미셸을 끔찍이 생각한다고 전해 줘요. 그리고 나도……."

나는 태양 밑의 자유로운 공기를 다시 맛보고 싶다는 조바심에 계단을 급히 뛰어 내려갔다.

미셸이 팔짱을 낀 채 카페 입구에서 나를 기다리고 있었다. 나는 그에게 스코틀랜드식 담요와 운동 가방을 건네주었다. 그는 내용물을 재빨리 훑어보았다.

" '행복한 날로의 귀환' 을 잊었구나."

그가 말했다.

그것은 그와 내가 파비용 베르의 다락방 구석에서 찾아낸 잡지에서 찢어낸 그림을 말하는 것이었다. 잡지는 두 사람이 태어나기 몇 년 몇 달 전의 것이었다. 그것은 1945년 7월호였고, 그 그림은 포르투갈산 포도주인 앙토나의 광고 그림이었다. 금발 여인이 스카프를 휘날리며 작은 배 위에 옆모습을 보이고 앉아 있었다. 수평선 너머로 호수와 산과 흰 돛들이 있었다. 그리고 그 위에 커다란 글씨로,

'행복한 날로의 귀환'

이라고 씌어져 있었다.

그 그림과 글들이 촉발하는 야릇한 향수와 감미로움은 미셸과 나 사이에서만 은밀하게 나눌 수 있는 음모 같은 것이었다. 보르뎅에게 감상이 어떠냐고 우리가 물었을 때 그는 기타로 침울한 곡조를 이끌어 냈었다. 미셸은 목도리를 두른 여인, 호수, 산들로부터 감명을 받아 한 편의 완전한 소설을 쓰려고 했었으며 그 제목은 「행복한 날로의 귀환」이었다.

"그걸 침대 위 탁자에 놓았었는데."

그가 실망한 목소리로 말했다.

"하지만 별것 아냐."

"내가 다시 가서 찾아볼까?"

"아냐, 아냐, 그럴 필요없어. 머리 속에 환히 들어 있는 걸. 중요한 것은 내가 언젠간 소설을 하나 쓰리라는 거야."

나는 10프랑짜리 지폐를 테이블 위에 펴 놓았다.

"너희 어머닌 네가 돌아오고 싶으면……."

그는 내 이야기를 듣지 않는 척했다. 바깥 쪽 건너편 보도 위로 카르베 박사가 햇빛이 반짝이는 거리를 골프 가방을 멘 채 걸어가고 있었다. 곧 이어 카르베 부인이 건물로부터 나왔다. 그녀는 금발과 잘 대조를 이루는 검은색 안경을 쓰고 있었다. 의사가 차의 뒷문을 열고 힘들다는 몸짓으로 골프 가방을 좌석에 던졌다. 그는 운전석에 앉았다. 카르베 부인은 언제나처럼 맥없이 그의 옆에 앉았다. 차가 천천히 출발했다.

"그들은 모르트 퐁텐으로 가는 거야."

미셸이 내게 말했다.

그의 목소리에는 원망의 기색은 전혀 없었으며, 오히려 반대로 그리워하는 듯한 어조가 풍기고 있었다.

지하철을 타고 오는 동안 나는 마지막으로 그를 설복하려고 애써 보았다. 그는 자기의 나이를 3년 더 먹은 것처럼 출생증명서를 위조했다. 그렇다. 그의 결심은 확고했었다. 그 길로 우리는 징병 사무실이 있는 아티스 몽까지 기차를 타고 갔다.

4

바다

모든 선생님들 중에서, 우리들에게 가장 인기가 있는 분은 코
보였다. 스포츠는 또한 우리의 교장 선생님이신 장 슈미트 씨가
총애하는 교과목이기도 해서 우리는 일주일에 세 번씩 오후 내
내 체육 수업을 받았다.

이따금 페드로 자신이 직접 체육 수업을 참관하기도 했으며,
코보와 페드로는 아주 사이가 좋았다. 들리는 얘기에 의하면 우
리 학교가 창립될 당시부터—페드로의 형님 두 분이 창립자인데
—코보는 우리 학교의 체육 선생직을 맡아 하고 있다는 것이다.

우리 학교의 전통적인 경기 종목은 필드하키였다. 페드로 자
신이 팀을 조직해서 연습까지도 몸소 시키려고 했다.

우리들은 드넓은 잔디밭 가장자리에 만들어 놓은 풀장도 마음대로 이용할 수가 있었다. 또한 더 깊숙이 들어가 보면, 달리기 트랙, 장대높이뛰기 경기장, 배구장, 테니스 코트 두 면 등이 눈에 띄고, 마지막으로 코보와 장 슈미트가 '허버트 트랙'이라 이름 붙인 경기장이 나타난다. '허버트 트랙'이란 코보와 슈미트가 그 추종자이며, 일종의 체육 교육 방법의 창시자인 허버트라는 사람을 기념하여 붙인 이름이었다.

장 슈미트와 코보는 이 '허버트 트랙'을 세우기로 이미 10여 년 전부터 계획을 짰다. 그것은 일종의 장애물 트랙으로서 각종 장애물들이 설치되어 있었다. 기어오르기 벽, 타고 오르는 줄, 외줄을 타고 건너야 하는 장벽들, 타고서 뛰어넘어야 하는 목마 등 봄철이면 새벽마다 국기 게양식에 구보로 참석하기 전에, 코보가 '허버트 주행'이라 부른 운동을 해야만 했다.

야외에서 매일 열심히 운동을 한 결과 그 성과도 아주 좋았다. 우리 학교 하키 팀은 주니어 팀으로서는 국가적인 수준에 올랐으며, 장대높이뛰기 수준은 프랑스 대표 팀의 기록에 도전할 만한 정도가 되었다. 코보는 장 슈미트로부터, 다른 수업 시간을 희생하고라도 체육 훈련을 보충해도 좋다는 허락을 얻어냈다. 그리고 나는 페드로가 코보에게 그런 특권을 부여한 것이 옳았다고 생각한다. 우리들 대부분에게 스포츠란 하나의 은신

처, 살아가는 어려움을 잠시 동안 잊게 해주는 방법이었던 것이며, 특히 우리들의 친구인 로버트 맥 파울즈의 경우는 더더욱 그러했다.

코보는 맥 파울즈를 매우 칭찬했다. 열다섯 살의 나이로 그는 하키 팀의 주장이었으며, 하키에 못지않게 수영, 스키, 테니스 등을 좋아했고 잘했다. 그와 나는 1년 동안을 파비용 베르에 있는 한 방에 기거했으며, 남다른 사이가 되었다.

그는 결국엔 30세쯤 되어서 스위스에서 열린 봅슬레이 챔피언 대회에서 일이 잘못되어 죽고 말았지만, 그전에 그를 한 번 만나 볼 기회가 있었다. 그리고 그것은 우연히도 그의 밀월여행 때였다. 그는 얼마 전에 베르사이유에서 그곳 출신 아가씨와 막 결혼을 하였고, 신혼여행 떠날 마땅한 곳을 찾지 못해 트리아농 근처에 있는 호텔을 택해 8월을 보내기로 했던 것이다.

그해 여름은 유난히 더웠다. 맥 파울즈와 그의 부인은 호텔 정원 앞 잔디에 누워 일광욕을 하고 있었다. 안느 마리―그것이 맥 파울즈의 신부의 이름이었다―의 수영복은 짙은 붉은색이었으며 맥 파울즈의 것은 내게 발베르 시절을 회상시켜 주는, 표범 무늬가 있는 수영복이었다. 우리는 타잔식의 그 수영복을 좋아해서 학교의 수영장, 검고 썩은 물이 고여 있었던, 조금은 지중해 같은 기분을 내려고 우리가 메틸렌블루로 물들이곤 했

던, 그 정상적이 아닌 수영장으로 즐겨 입고 가곤 했다. 그러고
는 엉성하기 이를 데 없는 다이빙대를 힘들여 수리하곤 했다.

봅 맥 파울즈는 자기 부인이 된 여자를 몇 달 전 겨울철에 어
느 운동장에서 만났다. 그녀는 호텔의 접수계에서 일하고 있었
다. 첫눈에 서로 반해 버렸단다. 그들의 결혼식은 안느 마리의
아버지가 그곳의 카르노 가에서 장사를 하고 있는, 베르사이유
에서 거행되었다.

그녀는 금발에 푸른 눈을 가진 중키의 여인이었다. 그녀의 수
줍은 듯한 맵시는 내게 18세기의 초상화, 이를테면 루이즈 드
폴라스트롱을 보는 것 같은 기분을 불러일으켰다. 전형적인 프
랑스 여자. 그래, 안느 마리는 속속들이 프랑스적인 여자였고,
그 점이 큰 키에 묵직하면서 어색한 걸음걸이 등 맥 파울즈의
투박한 자세와 기가 막히게 조화를 이루었다.

봅의 유일한 혈육은 미국인 할머니뿐이었다. 할머니의 이름
은 스트라우스로 '아리에 스트라우스' 화장품 회사의 창업자
였다. 발베르 시절, 봅은 크리스마스나 부활절 방학 때면 아쥐
르 해안에서 그녀와 함께 지냈으며, 정기적인 긴 방학 때면 할
머니는 그를 미국으로 데리고 가곤 했다. 그 밖의 경우에는, 외
출 때가 되어도 봅은 학교를 떠나지 않았다. 매주일 그는 할머
니로부터 편지를 받았는데 짙은 베이지색 봉투에 그의 이름이

붉게 타이프 쳐져 있었다.

그 당시만 해도 화장품 가게 진열장에는 '아리에 스트라우스' 화장품 회사의 제품들이 진열되어 있었으며, 나는 같은 반 친구를 생각하며 그것들을 남달리 눈여겨 보았었다. 오늘날에는 그 회사 제품들이 사라졌지만, 맥 파울즈가 밀월여행을 즐기던 해 여름에는 아리에 스트라우스 사의 립스틱이나 파운데이션이, 라이벌 제품인 맥스 팩토나 엘리자베스 아덴과 진열대에 어깨를 나란히 하고 있었다. 그것들 덕분에 봅의 경제 사정은 꽤 넉넉한 편이었으며, 그가 스물한 살이 되자 그의 할머니는 아리에 스트라우스를 아예 그의 소유로 돌려 버렸다.

우리들 셋, 즉 봅, 안느 마리, 그리고 나는 수영복을 입고 잔디밭에 누워 있었다. 봅은 오렌지 주스를 빨대로 마시고 있었다.

"유감이야. 이곳에 한 가지 부족 한 게 있다면 그건 바로 바다야."

그가 말했다.

사실상 새하얀 호텔의 정면에 펼쳐놓은 붉은 파라솔 밑의 테이블들과 화랑을 따라 나 있는 창들, 그 창의 오렌지색 차양들은 태양 아래 해수욕을 하는 듯한 분위기를 자아내고 있었다.

"어이, 여기에 없는 건, 오로지 바다뿐이라는 생각 안 들어?"

그 순간에 나는 맥 파울즈의 그런 말이나 몽상에 잠긴 듯한 표정에 별로 주의를 기울이지 않았는데, 그날 오후가 되어서야 우리를 짓누르고 있는 어떤 거북스러움—다른 적당한 말은 생각나지 않는다—을 느꼈다.

그러나 호텔 테라스에서 아침 식사를 할 때 맥 파울즈의 기분은 괜찮았다. 그는 장인 르봉 씨를 초대했다. 르봉 씨는 백발에 턱수염을 길렀으며, 딸과 마찬가지로 전형적인 프랑스인이었고, 가냘픈 얼굴은 클루에(역주: 16세기 플랑트르 태생의 프랑스 화가)의 그림을 보는 듯한 느낌을 주었다. 그는 맥 파울즈에게서 위압감이라도 느끼는 듯, 마치 외국인에게 이야기하듯 단어 사이사이를 떼어서 정확한 발음으로 사위에게 이야기했다. 그러나 봅의 지극히 상냥한 태도가 그를 점점 안심시켰다. 내 친구는 그에게 사업에 대하여 묻고는 흥미 있는 듯 귀를 기울였다. 나는 거기서 발베르 시절의 맥 파울즈의 모습, 좀 괴짜이면서도 남에게 관심을 기울일 줄 알며, 애정 어린 시선과 세심한 주의력으로 남의 마음을 사로잡곤 하던 모습을 다시 발견했다. 안느마리는 자기 아버지와 남편의 이야기에 넋을 빼앗긴 듯했다.

종업원이 커피를 가져 왔다. 맥 파울즈는 커다란 손짓으로, 우리들 세 명밖에 없는 테라스를 휘젓고 정원의 잔디밭을 가리켰다.

"난 여기에 딱 하나 부족한 게 어떤 건지 알아냈습니다. 장인 어른 한 번 맞춰 보시죠."

그가 안느 마리의 아버지에게 말했다.

르봉은 겁먹은 듯한 웃음을 흘렸다.

"글쎄, 난 도무지……."

안느 마리는 틀림없이 전날에 봅이 했던 얘기를 기억해 냈을 것이다. 그녀는 웃음을 터뜨렸다. 그 전날의 상황을 되새겨 본 나는 이 웃음소리에 무언가 가슴이 철렁해 옴을 느꼈다.

"그래요, 여긴 무언가가 빠져 있어요."

맥 파울즈가 침울한 목소리로 말했다.

"알아맞혀 봐요, 아빠."

안느 마리가 재촉했다.

르봉이 눈썹을 찡그렸다.

"아냐……. 정말로 난…… 난 모르겠는데."

"바다가 없어요."

맥 파울즈가 우리 세 명을 모두 깜짝 놀라게 할 만큼 침울하게 말했다.

"하긴…… 지금은 바다에 가야 제격일 때이긴 해."

르봉이 말했다.

"하지만 불행히도 베르사이유에는 바다가 없어요."

맥 파울즈가 말했다.

그는 갑자기 크게 낙담한 것 같았다. 르봉이 내게 의아해하는 시선을 보냈다.

"봅은 바다를 무척 좋아한답니다."

내가 얼버무리듯 재빠르게 말했다.

안느 마리는 거북스런 모양이었다.

"어쨌든 이달 말쯤에 우리가 바다로 가면 되잖아요."

그녀가 말했다.

맥 파울즈가 고개를 다시 들고는 순진한 웃음을 지었다.

"불가능한 걸 요구할 수는 없는 노릇이지요. 그렇지요, 장인 어른?"

며칠 후, 접이식 지붕을 한 녹색의 낡은 미국 자동차가, 정원의 자갈을 심하게 튕기면서 잔디 앞에 멈췄다. 두 명의 친구가 파리로부터 몰고 온 맥 파울즈의 자동차였다. 그가 나에게 그들을 소개했다. 한 명은 제임스 무렌츠라는 우리들 또래의 사나이로서 곱슬곱슬한 금발을 하고 있었다. 스위스가 국적인 그는 맥 파울즈가 매년 겨울에 겨루는 봅슬레이 챔피언십의 동료 선수였다. 또 한 명은 50세쯤 되어 보이는 갈색 피부의 키가 작은 사내로서 이름이 에두아르 아감이었다. 그가 레바논 사람인지, 혹은 단순히 이집트에 사는 시리아 사람인지는 아직도 정확히 알아내지 못했다. 어쨌든 그는 완벽한 프랑스어를 구사했으며, 기독교식 이름을 가지고 있었다.

아감은 코트다쥐르(역주: 프랑스 남동부 지중해 연안의 휴양지역) 근처에서 오케스트라를 조직해 놓고 있었다. 맥 파울즈는 그를 사업이 기울고 있을 때쯤 쥬네브에서 만났다.

그 두 명은 문자 그대로 봅의 식객들이었으나 본래가 천진난만한 안느 마리는 그들을 조금도 의심하지 않았다. 그들은 마치 보디가드나 익살 광대처럼 내 친구의 곁에 꼭 붙어 다녔다. 제임스 무렌즈의 웃음소리, 그의 흉터들, 허물없이 어깨를 툭툭 치는 행위, 마치 권투선수처럼 보호하는 폼을 쟀다가는 주위를 깡충깡충 뛰는 행동들이 처음에는 내게 꽤 재미있게 보였다. 그리고 에두아르 아감의 예의바름도 눈에 두드러졌다. 봅은 내게 그들이 자기의 두 명의 친구인데, 미국식 표현으로는 'pals' 이라고 전에 은근히 이야기한 적이 있었다.

바다 문제만 끼어들지 않았더라면 상황은 다르게 진행될 수도, 별 걱정거리 없는 나날이 되었을 수도 있었을 것이다.

맥 파울즈는 끊임없이 바다 이야기를 했다.

"바다를 보지 못했나?"

"조수가 밀려올 시간임에 틀림없어."

"오늘 바다는 무슨 색일까?"

"바다 내음이 풍기는 것 같지 않나?"

무렌츠와 아감은 뽑의 비위를 맞추기 위해 한 술 더 떴다. 아감은 기타를 가지고 샤를르 트레네의 〈라 메르〉(바다)를 우리들 앞에서 불러 댔다. 무렌츠는 바다가 바로 호텔 테라스 앞에서 시작된다고 결론을 맺고는 자기 다이빙 솜씨를 구경해 보라고 했다. 그러고는 그 역시 표범 무늬의 수영복을 입고는 난간 위에 서서 숨을 길게 들이마셨다. 그런 후 처음에는 잔디밭에 곤두박질을 하고 나중에는 허리를 움직여 자세를 바로 했다.

"좀 차갑지 않을까?"

맥 파울즈가 물었다.

"아냐, 오늘 아침은 괜찮은데, 이 바닷물은 온도가 꼭 알맞아."

무렌츠는 마치 방금 다이빙을 끝낸 사람처럼 몸을 흔들고 머리칼을 쓰다듬으며 말했다.

무심코 그 광경을 본 사람이라면 그냥 하찮은 장난으로 간주했을 터이지만, 무렌츠가 어느 날, 테라스의 난간이 다이빙대로는 너무 낮다며, 호텔 입구의 보다 높은 기둥에서 뛰어내리겠다고 말하는 것을 들었을 때, 우리는 무언가 불안감을 느꼈던 것 같다. 그 제안에 맥 파울즈와 에두아르 아감이 하도 열광을 하는 바람에 안느 마리와 나는 아무 말도 할 엄두를 못냈다.

"거기 뛰어내리기 무섭지 않겠나? 그쪽 바다는 깊은데."

맥 파울즈가 말했다.

무렌츠는 3미터 이상 되는 그 높은 테라스로 사다리를 타고 기어 올라갔다. 아감은 태연한 표정으로 〈라 메르〉를 흥얼거리고 있었다. 수위와 호텔 종업원 한 명이 호기심에 찬 표정으로 구경을 하고 있었다.

"자, 천사의 도약을 보여 드리지."

무렌츠가 말했다.

그는 도전하는 듯이 뽐내는 미소를 지었다. 맥 파울즈는 생 모리츠에서 열린 봅슬레이 챔피언십 경기에서 그가 얼마나 대담했던지, 그에게 '자살자 제임스'라는 별명을 붙일 만했다는 이야기를 내게 한 적이 있었다.

"지금이야 파도도 없고 진짜 수영장을 만난 셈이지. 자, 자네의 천사의 도약을 맛만 보여 주라고."

무렌츠는 발코니 난간에 뻣뻣하게 선 채로 입술을 다물고 숨을 가다듬었다. 갑작스레 그는 팔을 벌리고 허공으로 몸을 날렸다. 누구나 그가 땅바닥에 떨어져 으스러질 것으로 생각했다. 하지만 그는 무릎을 배에 바짝 붙인 채 눈 깜짝할 사이에, 1960년대 초에 스키 선수인 뷔아르네가 보여 준 바 있는 계란 같은 자세로 부드러운 잔디 위에 떨어졌다. 우리는 갈채를 보냈다. 맥 파울즈만이 무표정이었다.

"다음 번에는 좀더 높은 곳에서, 파도가 칠 때 해봐."

그가 덤덤하게 말했다.

그 후로는, 매일 아침 '자살자 제임스' 는 다이빙을 했다. 잉어의 도약, 호텔 테라스에 놓인 테이블 위에서 뛰어내리기, 달을 향한 도약, 혹은 배면背面 다이빙 등등. 그리고 매번 다이빙 후에는 의례적인 농담이 뒤따랐다. '물이 참 시원해. 자네도 같이 와서 헤엄치세' 등. 그리고 그런 일은, 그가 다이빙을 하다 가볍게 팔 부분을 다칠 때까지 계속되었다. 그는 팔에 깁스를 하고 붕대를 감았는데―그것은 맥 파울즈가 준 명주로 된 흰 붕대였다―하루 종일 그는 표범무늬 수영복에 붕대만 감은 차림으로 다녔다.

"이제 더 이상 수영을 할 수 없겠군. 안됐어. 이토록 더울 때 수영을 못한다는 건……."

그러나 무렌츠는 팔에 붕대를 감고 있음에도 불구하고 조금도 활기를 잃지 않았다. 그는 파리로부터 모터보트와 수상스키를 주문해 와서 베르사이유의 '대운하' 에서 즐기길 원했다. 맥 파울즈는 오렌지색 해변용 텐트를 하나 사 놓았는데, 호텔 지배인으로부터 그것을 호텔 앞 정원에 놓아도 괜찮다는 허락을 받았다.

우리들 다섯 명은 텐트 주위에 모여 앉았다.

"바다 내음이 나는데."

무렌츠가 말했다.

"조수가 빠진 틈을 타서 바닷가를 산책하는 게 어때?"

맥 파울즈가 제안했다. 그는 안느 마리에게 몸을 기대고 앉아 있었다.

"당신에게 예쁜 조개껍질들을 주워 주지, 내 사랑."

그녀가 불안한 시선으로 그를 바라보았다. 그런 농담들이 마침내 그녀를 고통스럽게 하고 있음을, 나는 그녀의 시선을 통해서 너끈히 감지할 수 있었다. 틀림없이 그녀는 그들의 밀월여행을 위해 그들 둘만, 봅과 그녀만이 있게 되기를 바라고 있었으리라.

일종의 쓰라림, 번뇌가 맥 파울즈를 사로잡았다. 어린애처럼 순진한 농담에 이어 화난 듯한, 정중한 얘기가 뒤따랐다.

"이 망할 놈의 바다를 얼마나 오랫동안 기다려야 한다고 생각해?"

그는 무렌츠 쪽으로 고개를 돌렸다.

"자, 자네 이제 다이빙 안 하나? 겁먹었어?"

나는 그곳 베르사이유에서 아주 가까이에 있는 우리들의 모교를 방문해 보자고 봅에게 제의했다.

"거기에 바다만 있다면야 좋은 생각이지."

어느 날 저녁인가, 운하를 따라 이어져 있는 산책길까지 그를 끌고 나오는데 성공한 일이 있었다. 우리는 운하의 끝, 저편으로 평원이 펼쳐지고 있는 곳까지 이르렀다. 소 떼들이 풀을 뜯고 있었다. 지평선이 넓게 트여 있었고, 그 평원 너머에는 바다가 있을 것 같았다. 나는 참지 못하고 봅에게 그런 생각을 이야기 했다.

"자네 말이 옳아. 하지만 그건 신기루야. 다가가면 갈수록 바다는 물러서지."

아감은 우리들 뒤편에서 아코디온을 켰다. 무렌츠는 이제 붕대를 풀고 손목 부분만 깁스를 하고 있었다. 안느 마리는 근심스런 표정이었다.

그날 새벽 세시쯤 전화 벨 소리에 나는 잠을 깼다. 안느 마리였다. 봅이 호텔의 홀에 의기소침한 채 앉아 있으며 잠자리에 들지 않는다는 것이었다. 목소리가 떨리는 것으로 보아 울고 있는 듯했다.

우리 둘이서 그가 있는 곳으로 내려갔다. 그는 커다란 홀의 소파에 앉아 있었다. 우리는 그의 옆에 앉았다.

"용서해 줘. 난, 노상 그놈의 빌어먹을 바다나 기다리고 있으니. 알다시피 별로 유쾌한 일은 아니잖아."

그가 웃음을 터뜨렸지만, 그 웃음 속에는 무언가 수상한 점이 들어 있었다. 안느 마리가 내게 낙담한 듯한 시선을 보냈다. 그는 그녀가 생각하듯 취한 게 아니었다. 그는 취하지 않더라도 능히 그런 상태에 빠질 수가 있었다.

나는 그녀가 맥 파울즈를 향한 온갖 애정과 그녀의 온갖 상냥함을 동원하여 지금의 그를 이해할 수 있을 만한 설명을 구하고 있음을 알 수 있었다. 하지만 무슨 말을? 봅은 나쁜 사람이 아니며—그와는 거리가 먼 이야기다—그 역시 다감하고 순진한 청년이며 안정을 갈구한다. 그렇지 않다면 당신 같은 여자를 택했을 리가 있겠느냐, 따위의 얘기를? 불행히도 우리들, 발베르 학교의 친구들은 설명이 불가능한 어떤 위선 같은 데 상처를 받았으며, 각자 나름대로의 방식으로 싸우고 있는 족속들이었다. 우리들의 화학 선생님이신 라포르 씨의 표현에 의하면 우리는 모두 하나의 '그랭(역주: 곡식 낟알이라는 뜻도 있고 돌풍이라는 뜻도 있음)' 이었던 것이다.

날이 밝았다. 나는 커다란 홀의 벽면에 어린 나뭇잎의 그림자를 천천히 비집고 비추는 햇빛의 얼룩들을 바라보았다. 파리 한 마리가 안느 마리의 흰 바지 위, 무릎 약간 윗부분에 앉아 있었다.

5
백작 부인의 딸

격주로 토요일마다, 아홉시가 되면 우리는 콩페데라시옹 운동장에 모인 후 작은 영화 감상실로 들어가 아래층이나 발코니의 자동으로 접히는 짙은 색의 나무 의자에 앉곤 했다.

페드로는, 이전까지 상급학년 학생인 요트랑드와 부르동이 맡고 있던 영사기 취급 일을 대신 맡을 학생들을 급히 구하고 있었다. 내 친구인 다니엘 데조토와 내가 기꺼이 자원을 했으며, 며칠간 오후 시간을 내서 선배들이 우리에게 영사기 다루는 법을 가르쳐 주었다. 요트랑드는 퇴학을 당했고, 부르동마저 학교를 그만두어 데조토와 나는 마침내 우리들의 새 일을 전적으로 떠맡게 되었다.

학생들은, 거리의 보통 영화관과 비슷하게 꾸며진, 황토색 벽을 한 작은 방에 자리를 잡았다. 이동식 판에 고정된 스크린 뒤에는 3개월에 한 번씩 연극반원이 공연을 하거나, 학년 말에 페드로가 수상식을 거행하는 무대가 있었다.

잠시 후 장 슈미트 씨가 들어왔다. 그 뒤를 따라 목줄을 한 개를 끌고 코브노비친느가 들어왔다. 그들의 자리는 항상 아래층 다섯 번째의 통로 옆으로 정해져 있었다. 학생들은 침묵으로 페드로와 코보를 영접했으며, 이따금 조심스런 박수 소리가 들리기도 했다. 코보의 개는 통로 한가운데 스핑크스처럼 뻣뻣이 몸을 세우고 스크린 쪽을 향해 머리를 약간 치켜 올린 채 앉아 있었다.

데조토와 나는 영사실에 앉아 페드로의 신호를 기다렸다. 그가 왼손을 들어 올리더니, 마치 파리라도 쫓는 양으로 급작스레 밑으로 내렸다. 상영을 시작해도 좋다는 신호였다.

1부는 기록 필름이나 만화 영화였다. 1부가 끝나고 나는 불을 다시 켰다. 의자 삐걱이는 소리들이 들렸다. 학생들은 잠시 쉬는 동안 콩페데라시옹 운동장으로 나갔지만 페드로와 코보와 개는 꼼짝않고 제 자리에 앉아 있었다. 몇몇 친구들이 우리가 있는 영사실로 들어오기도 했다. 나는 중간 휴식 시간이 끝났음을 알리는 종을 울렸다. 그리고 다시 페드로가 신호를 했다.

우리는 그런 식으로 〈흰색 양복을 입은 남자〉, 〈핌리코행 여권〉 및 이제는 그 제목을 잊어버린 몇 편의 영화들을 보았었다. 하지만 가장 자주 상영되던 영화는—석 달에 한 번 정도—〈사수射手들의 갈림길〉이었다.

대저택, 금발의 백작 부인, 그녀의 어린 딸, 산지기의 오두막, 백작 부인을 사랑하는 어떤 미술가, 밤이면 들려오는 작은 오르간 소리, 달을 보고 울부짖는 승냥이…….

코브노비친느의 개는 귀를 쫑긋하고, 그 소리에 구슬프게 화합하곤 했다.

백작 부인의 딸 역할을 맡고 있는 꼬마의 이름은 '프티트 비주(역주: 작은 보석이라는 뜻)' 였는데, 적어도 영화의 자막에만은 그렇게 나와 있었다. 〈사수射手들의 갈림길〉이 우리 학교에서 처음으로 상영되는 날, 페드로와 코브노비친느는 사십 세쯤 되어 보이는 한 사내와 함께 왔으며, 페드로는 이따금씩 정겹게 그의 어깨를 쓰다듬어 주었다. 영화가 끝나자 페드로는 학생들 모두 제자리에 앉아 있으라고 했다. 그는 일어나서 자기 옆에 앉아 있는 사내를 가리켰다.

"여러분들에게 이 학교의 선배 한 명을 소개합니다. 그가 오늘 특별히 이곳에 온 것은 저 영화에 나오는 배우 한 명을 그가 알고 있기 때문입니다."

그 뒤로 발베르 학교에서 〈사수射手들의 갈림길〉이 상영될 때마다, 그 사내는 관람석에 동참했다. 어느 주 토요일엔가는 본관 앞에 차를 세우고는 식당에서 페드로와 함께 식사를 했다.

그는 옅은 밤색의 머리털을 하고 있었으며, 중키였고 눈에 생기가 있었다. 그는 무역 회사에서 일을 하고 있었다. 그때 나는 페드로와 한 테이블에 앉을 기회를 갖게 되었다. 그들 두 사람은 지나간 얘기와 우리들의 선배들에 대한 얘기를 했다.

"발베르가 변한 것 같진 않나?"

페드로가 물었다.

"아뇨, 발베르는 여전히 발베르입니다."

전쟁 중에 몇몇 학생들이 전사했고, 그들 중에는 페드로가 각별히 아꼈던, 조니도 있었다.

"다음 달에 다시 오게. 그때 〈사수射手들의 갈림길〉이 다시 상영될 예정이니까."

나는 페드로가 그 '선배'를 즐겁게 하기 위해서 그토록 자주 그 영화를 돌리게 했던 것으로 생각한다.

그가 페드로에게 말했다.

"다시 한 번 프티트 비주를 볼 수 있게 해주신다니, 선생님, 정말로 너무나 친절하십니다."

식사가 끝나자 선배가 우리들에게 담배를 권했다. 그것은 우리들에게는 금지되어 있던 일이었지만, 교장 선생님은 단 한번 눈을 감아 주었다. 그리고 어느 날 저녁 우리가 프티트 비주에 대해서 그에게 물었을 때, 그는 기꺼이 우리들과 페드로의 그 정당한 호기심을 충족시켜 주었다.

*

그래, 내 생애란 지금 이 순간까지 프티트 비주를 찾아 헤매는 기나긴 그러나 헛된 행로일 뿐이라고 할 만하다. 나는 그 애를 내가 발베르 학교를 졸업한 직후, 연극 학원에 자주 다니던 시절에 알게 되었다. '마리보 학원'의 전 학생들 중 우리가 '부불르'(역주: 부엉부엉의 뜻)라고 부르던 한 뚱보를 제외하고는 모두 다 연극 경험이 없는 초보자들이었다. '마리보 학원'을 생각할 때면 항상 한겨울, 한밤중의 모습이 겹쳐 떠오른다. 그때 나는 열여덟 살이었다. '마리보 학원'은 에투알 극장 근처의 한 1층 방에 있었다. '마리보 학원'은 옛 코미디 프랑세즈 정회원이었던 우리의 선생이 개설한 것이었다. 우리는 일주일에 세 번씩 우리의 선생이 '합동 공연'이라고 표현한 공연 연습을 관람하곤 했다. 그곳은 '극장, 영화관은 뮤직홀과 카바레의 부속실'이라고 적혀 있던 선전 문구에 거의 들어맞는 곳이었다.

겨울날 밤이면, 나는 8시부터 10시 반까지 우리들의 '합동 공연'을 계속 보았다. 강의가 끝나면 우리는 잡담을 나눈 후 부불르와 나를 비롯한 학생들은 제각각 등화관제가 내려진 어둠 속으로 흩어졌다. 어느 날 저녁 나는 길 모퉁이에서 발베르 학교의 옛 친구인 조니를 만난 적이 있었다. 그는 영화 스튜디오의 일자리를 찾고 있었다. 내가 그에게 우리들의 강좌에 함께 가자고 제안했던 것은 기억나지만 더 이상 그의 소식은 듣지 못했다. 그때의 모든 친구들 이름과 얼굴은 이제 기억해 내기가 힘이 든다. 기억에 남아 있는 친구라야 겨우 부불르와 소니아 오도예뿐이다.

소니아는 '마리보 학원'의 스타였다. 그녀는 '합동 공연'에는 두서너 번밖에 참석하지 않았는데, 그것은 그녀가 선생에게 특별 개인지도를 받고 있었기 때문이다. 그 비용이 엄청나서 우리들 모두는 엄두도 못 내던 일이었다. 그녀는 금발이었고, 얼굴은 갸름했으며 눈은 초롱초롱했다. 그녀는 우리들에게 약간 수수께끼 같은 존재였다. 스물세 살이라고 이야기했지만 사실 그녀는 틀림없이 우리들보다는 열 살 내지 열다섯 살은 나이가 더 많았을 것이다. 그녀는 자기가 폴란드 귀족 태생이라고 얘기하고 다녔다. 그러던 어느 날, 당시의 어느 잡지에 그녀 이야기가 실린 이래 한 달 동안을 강좌에 나타나지 않아서 또 한 번 우리들을 놀랍게 했다. 얼마 안 있어 '연극계에 데뷔' 하게 되리라 고 거기엔 씌어 있었다.

'백작 부인'—우리는 그녀를 그런 별명으로 불렀다—의 그 유망한 '데뷔' 에 대해 우리들이 질문을 하자 선생님은 그냥 얼 렁뚱땅 넘겨 버렸다. 그녀에 대한 우리의 궁금증을 어느 정도 풀어 준 것은 부불르였다. 그는 우리들 그 누구보다 약삭빨랐으 며 벌써 스튜디오나 나이트 클럽 뒷골목에 출입이 잦았다. 그는 '백작 부인' 이 알베르 1구의 화려한 아파트에 살고 있다고 우 리에게 말해 주었다.

부불르는 그 집안에서 뭔가 수상한 낌새가 풍기는 것을 눈치 채고 있었다. 틀림없이 누군가가 '백작 부인' 의 뒤를 대 주고 있다는 것이었다. 그리고 그녀는 옷가게와 보석 가게에 돈을 막 뿌리고 다녔다. 부불르의 말에 의하면 그녀는 투르 다르장(역주: LaTour d' Argent 파리에서 가장 오랜 전통을 지닌 최고급 식당)에 10여인 분의 식탁을 예약하고는 아무나 초대해서 선물을 주곤 하는데, 대부분은 그것을 거절하지 못한다는 것이었다. 부불르 자신도, '백작 부인' 의 무리에 끼기를 무척이나 바라고 있었을 것이다.

하지만, 프티트 비주를 내가 만나지 않았더라면 그 모든 얘기 들도, 대개는 쓰레기통 뚜껑 위에서 시들어 버린 꽃다발 정도의 가치밖에는 지니지 못했을 것이다.

나는 그 애를 연례 경연대회날 알게 되었다. 우리들의 선생은 자기 아파트의 가장 넓은 방에서 연극 한 편을 연출해 보이고 있었으며, 50여 명의 관람자들 중에는 예술계와 연극계의 몇몇 저명 인사들로 구성된 심사위원단이 앉아 있었다.

나는 그 행사에 참석하기에는 너무 신입생이었는 데다가, 소심한 마음에 그 경연 대회가 끝난 후에야 보종 가로 갔다. 연극실 안에서는 부불르와 몇몇 동료들이 활기있게 토의를 진행하고 있었다.

"백작 부인이 비극에서 최우수상을 받았어. 나는 뮤직 홀의 장려상을 받았지."

부불르가 내게 말했다.

나는 축하한다고 말해 주었다.

"그녀는 '동백 아가씨' (역주: 알렉상드르 뒤마 피스의 소설. 베르디가 〈라 트라비아타〉라는 오페라로 만들었다.)의 죽음 장면을 택했지. 한데 자신의 대사를 알지 못하더군."

그가 내 쪽으로 몸을 기울였다.

"미리 처음부터 다 정해져 있었던 거야……. 그 늙은 구렁이들…….

'백작 부인'이 심사위원들과 생 젠느 부인에게 봉투를 미리 안긴 게 틀림없지."

생 젠느 부인이란 바로 우리들의 선생이었다. 그녀는 이전에 그 역할을 탁월하게 해내었었다.

"사진사들이 '백작 부인'이 나오는 장면만 열심히 찍어 대던 걸 생각해 봐. 그녀는 회견도 하더군……. 염병할 스타…… 전부 다에게 돈깨나 썼을 거야……."

바로 그때 나는 홀 한구석 붉은색 의자 위에서, 소녀 한 명이 잠들어 있는 것을 발견했다.

"저 앤 누구지?"

내가 부불르에게 물었다.

"'백작 부인'의 딸…… 별로 관심도 기울이지 않는 것 같더군. 오후 동안 나보고 돌보랬어……. 한데 좀 곤란한 일이야. 오디션을 받아야 하거든……. 네가 좀 대신 맡아 주지 않겠니?"

"원한다면."

"산책 좀 시킨 다음, 알베르 1세가 24번지의 '백작 부인' 집에 데려다 주면 돼."

"알았어."

"자, 난 가 볼게. 이해해 주겠지? 카바레에서 나를 써 줄지도 몰라."

그는 꽤나 흥분해 있는 것 같았다. 얼굴에서 땀이 계속 흐르고 있었던 것이다.

"행운을, 부불르!"

이제 홀 안에는 이 잠든 어린 소녀와 나밖에 아무도 없었다.

나는 그 애의 곁으로 다가갔다. 뺨을 의자 팔걸이에 기댄 채, 두 팔을 포개고 있었고 한쪽 팔은 어깨 위에 얹혀 있었다. 곱슬곱슬한 금발의 그 애는 하늘색 외투에 커다란 밤색 구두를 신고 있었다. 예닐곱 살쯤 되어 보였다.

나는 그 애의 어깨에 살며시 손을 올려놓았다.

그 애가 눈을 떴다.

'백작 부인'의 눈처럼 약간 잿빛이 도는 맑은 눈이었다.

"얘야, 우리 산책하러 갈까?"

그 애는 일어섰다. 내가 그 애의 손을 잡고 우리는 함께 마리보 학원을 나섰다.

＊

오슈 가를 지나 우리는 몽소 공원의 정문 앞에 도착했다.

"여기 좀 들렀다 갈까?"

"응."

그 애는 얌전하게 고개를 까딱했다.

왼편 보도 쪽으로 칠이 벗겨진 시소와 낡은 미끄럼대와 모래

땅이 눈에 띄었다.

"저기 가서 놀까?"

"응."

아무도 없었다. 아이들도 없었다. 하늘이 솜처럼 흰빛으로 낮게 깔려 곧 눈이 올 것 같았다. 두세 번 미끄럼 타기를 한 후 그 애는 내게 시소 대 위에 올려 달라고, 수줍은 듯이 얘기했다.

그 애는 별로 무겁지가 않았다. 나는 그 애가 앉은 쪽 시소를 천천히 흔들어 주었다. 이따금씩 그 애가 나를 바라보았다.

"네 이름이 뭐니?"

"마르틴느, 하지만 엄마는 '비주' 라고 불러."

모래 땅 위에 작은 삽이 하나 뒹굴고 있었는데, 그 애는 모래 장난을 시작했다. 가까운 벤치에 앉아 나는 그 애가 신고 있는 양말이 각각 크기와 색깔이 안 맞는 짝짝이임을 알 수 있었다.

한 짝은 무릎까지 오는 짙은 녹색이었고 다른 한 짝은 밤색 구두의 끈 매는 부분까지 치켜 올려진 청색의 양말이었다. 그날 '백작 부인' 이 그 애의 옷을 입혀 준 것일까?

나는 그 애가 감기라도 들까 봐 겁이 나서 그 애의 구두끈을 조여 준 후 공원의 다른 쪽으로 데리고 갔다. 아이들 몇 명이 회전목마를 타고 있었다. 그 애도 백조 모양의 목마를 골라 탔고, 목마는 삐걱거리며 돌기 시작했다. 내 앞을 지날 때마다 그 애는 왼손으로는 목마의 목 부분을 잡고 얼굴에 웃음을 띤 채 내게 손을 흔들었다.

다섯 바퀴를 돌고 나자 나는 그 애에게 엄마가 기다리실 테니, 지하철을 타고 돌아가자고 말했다.

"걸어갔으면 좋겠는데."

"그러자꾸나."

나는 감히 안 된다고 할 기분이 들지 않았다. 아직 그 애의 아버지뻘 정도의 나이는 안 되었던 것이다.

우리는 몽소 가와 조르쥬 5번가를 따라 센 강 쪽을 향해 걸어갔다. 아직은 희미한 빛을 발하고 있는 하늘과 건물들의 벽면이 분리된 모습을 보이고 있었으나 얼마 안 있어 곧 어둠 속에 잠겨 버릴 것이었다. 서둘러야 했다. 매일 저녁 그러했던 것처럼 그 순간에도 나는 막연한 번민이 엄습해 옴을 느끼고 있었다. 그 애도 그러했던 모양이었다. 그 애가 내 손을 꼬옥 쥐는 것을 느낄 수 있었다.

아파트 계단 위에서, 이야기 소리와 웃음소리를 들을 수 있었다. 갈색 피부의, 50세쯤 되어 보이는 짧은 머리에 불테리어(역주: 불독과 테리어의 잡종)처럼 넙적하고 사나운 얼굴을 한 여인이 우리에게 문을 열어 주었다. 그녀가 나를 의혹에 찬 눈초리로 처다보았다.

"안녕, 마를렌느 루이즈?"

꼬마가 말했다.

"안녕, 비주."

"내가 이 애를 데리고……."

내가 말했다.

"들어와요."

현관에는 꽃다발들이 바닥에까지 널려 있었고, 안쪽 응접실로 향하는 열린 문 틈으로 사람들의 모습이 보였다.

"잠깐만요. 소피아를 불러오지."

불테리어를 닮은 한 여인이 내게 말했다.

꼬마와 나, 우리 둘은 현관을 덮고 있는 꽃다발 사이에 서서 기다렸다.

"꽃들이 많구나."

내가 말했다.

"엄마한테 온 거야."

'백작 부인' 이 어깨 부분에 흑옥黑玉이 박힌 검은색 옷을 입고 금발의 눈부신 모습으로 나타났다.

"비주를 데려다 주어서 고마워요."

"뭘요. 별것도 아닌 일을…… 축하해요……. 최우수상을 받으셨다니……."

"아, 고마워요."

나는 몹시도 거북스러워서 곧 이 아파트를 떠나고 싶었다.

그녀가 딸 쪽으로 고개를 돌렸다.

"비주야, 오늘은 이 엄마한테 아주 굉장한 날이란다. 있잖니……."

꼬마는 눈을 굉장히 크게 뜨고 엄마를 또렷이 바라보았다. 놀라서였을까, 겁이 나서였을까?

"비주야, 엄마는 오늘 아주 좋은 상을 받았단다. 엄마를 좀 안아 주지 않겠니?"

하지만 그런 이야기를 하면서도 그녀는 딸애를 향해 몸을 굽히지 않았다. 꼬마는 발뒤꿈치를 들고 그녀를 안으려고 버둥댔지만 소용없었다. '백작 부인'은 그것에 주의조차 기울이지 않았다. 그녀는 바닥에 널려 있는 꽃다발들을 바라보았다.

"비주, 넌 이해할 수 있겠지? 이 꽃들 말야. 너무 많아서 꽃병에 꽂을 수가 없었단다. 이제 난 친구들을 만나봐야 하는데, 그리고 저녁을 대접해야 해. 꽤 늦게 돌아올 거야……. 저, 댁이 오늘밤 비주를 봐줄 수 있을까요?"

그녀의 목소리로 보아, 아예 단정하고 있는 듯했다.

"그러지요."

내가 말했다.

"저녁은 따로 차려 줄 사람이 있어요. 그리고 댁은 오늘 여기 서 자도 돼요."

내게는 미처 대답할 겨를도 없었다. 그녀는 비주 쪽으로 몸을 구부렸다.

"안녕, 귀여운 비주. 난 친구들을 만나러 가야 한단다. 자아, 엄마 생각 좀 많이 하시고."

그녀는 꼬마의 이마에 가만히 입술을 맞추었다.

"그리고 댁에게도 감사를 드려요."

유연한 걸음걸이로 그녀는 저쪽 응접실에 있는 사람들 쪽으로 걸어갔다. 떠들썩한 이야기 소리 속에서, 나는 그녀의 매우 날카로운 웃음소리를 분간할 수 있었다.

그들이 계단을 내려감에 따라 그들의 목소리가 차츰차츰 멀어졌고, 나는 비주와 단둘이 남았다. 그 애가 나를 식당으로 데려갔으며, 우리는 사각의 모조 대리석 무늬가 박힌 긴 테이블에 마주 보고 앉았다. 내가 앉은 의자는 기름 얼룩이 점점이 묻어 있는 정원용 의자였으며, 비주가 앉은 의자는 붉은 쿠션을 깔아 놓은, 등 없는 의자였다. 식당에는 그 외에는 가구가 없었다. 등잔 받침대에 놓인 전구가 우리들을 비추어 주었다.

중국인 요리사 한 명이 식사를 접대했다.

"저 사람 상냥하니?"

내가 물었다.

"응."

"이름이 뭔데?"

"치웅."

그 애는 허리를 꼿꼿이 세우고 스프를 열심히 먹었다. 그 애는 식사하는 동안 내내 말이 없었다.

"이제 일어나도 돼"

"그럼."

그 애는 나를 그 애의 방으로 데려갔다. 하늘색 판자벽을 한 작은 방이었다. 가구들이라야 어린이용 침대 하나와 두 개의 창문 사이에 놓인 비단 덮개를 덮은 테이블이 전부였으며, 그 테이블 위에는 전등이 하나 놓여 있었다.

그 애가 옆에 붙은 세면실로 들어갔고 곧이어 양치질하는 소리가 들려왔다. 그리고 돌아와서는 하얀색의 잠옷을 입었다.

"아저씨, 물 한 잔만 갖다 주실 수 있어요?"

그 애는 미리 미안해 한다는 투로, 재빠르게 말했다.

"물론이지."

나는 비주가 건네 준 회중전등을 들고 더듬거리며 부엌을 찾아갔다. 그 애가 무섭기만 한 이 어둠 속에서, 자기에게 무거운 이 손전등을 들고 가는 모습을 나는 상상해 보았다. 방들은 거의 다 비어 있었다. 가는 길에 손전등 불을 켰지만 이따금씩 스위치가 말을 듣지 않았다. 이 아파트는 버려진 것처럼 보였다. 벽 위에 여기저기 나 있는 흠집이, 이전에 그림들을 걸어 놓았음을 보여 주고 있었다. '백작 부인'의 것인 듯이 보이는 방에는 흰색의 사틴으로 만든 다리가 달린 커다란 침대 하나가 위용을 자랑하고 있었다. 바닥에 전화기가 있었으며, 침대 주변에 붉은 장미 꽃다발과 분곽과 스카프가 널려 있었다.

나는 나도 모르는 사이, 옷장 서랍을 열고, 블라쉬, 오데트, 불로뉴 쉬르 센의 푸왕 주르 15부두라는 이름이 박힌 갈색의 낡은 종이 쪽지를 발견했다. 그 밑에는 하나는 정면 모습이고 다른 하나는 옆모습인 두 장의 사진이 있었다. '백작 부인'이라는 것은 금방 알아볼 수 있었지만 훨씬 젊을 때 모습이었고, 인체 측정 사진인 양 눈길이 흐릿했다.

부엌의 식탁에서 아까의 그 중국 사람이 다른 중국 사람, 그리고 흰 피부에 적갈색 머리를 한 사람과 카드를 하고 있었다.

"아이가 물을 달래서 찾으러 왔습니다."

그가 내게 수도를 가리켰다. 나는 물 한 컵을 받은 후 그들을 흘끗 바라보았다. 금박을 입힌 식탁보 위로 카드가 돌려지고 있었다. 그들은 돈내기를 하고 있었다. 문이 뒤에서 천천히 닫혔다. 삐걱 소리가 났다.

다시, 얼마 전에 황급히 이사해서 비운 것이 틀림없을 빈 방들을 지났다. 지나친 창고 수가 몇 개나 될까? 커다란 침대랑 여행용 트렁크와 가방이 쌓여 있는 두 개의 의자, 벽에 외롭게 기대어 있는 소파들이 적당히 임시로 정리해 놓은 듯한 감을 주었다.

비주는 침대에서 나를 기다리고 있었다.

"이 책 조금만 읽어 줄 수 있어요?"

한번 더 그 애는 용서를 바라는 듯한 표정을 지으며 낡은 커버가 씌워진 책을 내게 내밀었다. 『젠다의 죄수』였다. 아이들에게는 아주 재미있는 책이었다. 그 애는 팔짱을 낀 채 눈에 황홀한 기색을 보이며 귀를 기울였다.

책 읽기가 끝나자 그 애는 방의 전등과 옆방의 샹들리에를 끄지 말아 달라고 요구했다. 그 애는 밤이 무서웠던 것이다. 나는 열린 문 틈새로 그 애가 잠이 들었나 살펴보았다. 그런 후 나는 아파트 안을 거닐다 밤 동안 지낼 만한 의자 하나를 발견했다.

이튿날, '백작 부인'은 내게 일종의 가정교사 노릇을 해보지 않겠느냐고 했다. 그녀의 사교 생활과 예술 활동이 더 이상 비주에게 신경 쓸 여유를 줄 수 없으리라. 그래서 그녀는 나의 도움을 염두에 두었던 것이다. 나는 별 미련없이 단지 외로움을 덜기 위해 등록했던 마리보 학원을 포기했다. 이제 그 누군가가 내게 할 일을 부과했고 잠자리와 이부자리를 제공해 준 이상, 나는 나 자신에 대해 자신감을 가질 수 있게 된 것이다.

나는 비주를 장 구종 로路에 있는 어떤 스위스 여자가 운영하는 쿰 학교라는 이름의 사립학교로 데리고 갔다. 비주는 그 학교의 단 한 명의 학생인 것 같았다. 내가 아침이나 오후에 그 애를 찾으러 갈 때마다, 이제는 쓰이지 않는 성당처럼 어둡고 고요한 교실 저 안쪽에 그 애가 부인과 단둘이 있는 모습을 발견하곤 했다. 하루 중 그 외의 시간들은 알베르 1세 가의 잔디밭이나 트로카데로 공원에서 보냈다. 그런 후 우리는 강변을 따라 집으로 돌아왔다.

그래, 그 모든 것들을 겨울과 밤이 장막처럼 둘러싸고 있었다. 비주가 무서워했던 것은 밤뿐만이 아니었다. 커튼에 어리는 그 애 방의 전등불 그림자와 옆방의 샹들리에의 그림자—문

틈을 통해 그 불빛이 들어왔다―였다.

그 애에게는 그것이 무시무시한 손아귀처럼 여겨져서, 침대에 몸을 웅크리는 것이었다. 나는 그 애가 잠이 들 때까지 옆에서 달래 주었다. 나는 온갖 방법을 다해 그 그림자를 없애려고 해보았다.

가장 좋은 방법이야 커튼을 치워 버리는 것이었겠지만, 민방위대의 감시에 걸려들 우려가 있었다. 나는 전등을 때로는 왼편으로, 때로는 오른편으로 옮겨 보았으나, 그림자는 여전히 제자리에 있었다.

내가 곁에 있다는 사실이 그 애를 안심시켰다. 보름 정도가 지나자 그 애는 커튼 위의 무서운 손을 잊어버렸고, 매일 매일 읽어 주던 『젠다의 죄수』가 끝나기도 전에 잠이 들었다.

그해 겨울에는 눈이 많이 내렸고, 우리가 살고 있던 알베르 1세 가의 거리, 현대 미술관의 안뜰, 또 저 멀리 파시 구릉 옆면을 타고 계단식으로 나 있는 길 등, 모든 것들이 앙가딘(역주: 스위스의 한 알프스 지방의 이름) 역과 같은 분위기를 풍겨 주었다. 그리고 콩코르드 광장 쪽으로 벨기에 왕의 동상이 마치 폭풍설을 방금 뚫고 지나온 것처럼 온통 하얗게 눈에 덮인 채 말 위에 앉아 있었다.

나는 고물상에서 소형 썰매를 하나 사서 비주에게 주었으며, 트로카데로 공원의 완만한 내리막길에서 그 애를 썰매에 태워 밀어 주곤 했다.

저녁이 되어 토교 가를 따라 돌아올 때면 비주를 썰매 위에 앉히고 내가 끌고 왔다. 그 애는 평상시처럼 꼿꼿하게, 그러나 꿈꾸는 듯이 썰매 위에 앉아 있었다. 나는 급작스레 썰매를 세우기도 했다. 우리는 숲속에서 길을 잃은 것처럼 장난하기도 했다. 그런 발상이 그 애를 아주 즐겁게 해서 볼이 빨갛게 달아오르곤 했다.

'백작 부인'은 저녁 일곱시 경이 되어야 잠깐 짬을 내어 자기 딸을 겨우 안아 볼 수 있었고, 그런 후는 야회夜會에 참석하느라 서둘러 사라졌다. 그 이상한 마들렌느 루이즈는 오후 내내 전화통에 매달려 있느라 우리들은 도통 거들떠보지도 않았다. 저 권투선수같이 생긴 여자는 도대체 어떤 일에 몰두해 있는 것일까?

메마른 목소리로 그녀는, 자기 사무실에서 만나자고, 그 위치는 '리도 아케이드'라는 이야기를 상대방에게 건네고 있었다. 그녀는 '백작 부인'에 대하여—그녀는 '백작 부인'을 소니아라고 부르지 않고 '오데트'라고 불렀다—막강한 영향력을 행사하고 있었음에 틀림없었고, 나는 그녀가 부불르의 표현대로,

'돈을 벌어들이는' 다리 역할을 하고 있지는 않을까 하고 생각했다. 그녀도 알베르 1세 가에서 살고 있을까? 몇 번인가에 걸쳐 소니아가 그녀와 함께 새벽에 돌아오는 것을 발견했지만, 마들렌느 루이즈는 주로 자기 '사무실'에서 잠을 잤으리라고 나는 생각한다.

그 즈음에 그녀는 일종의 쾌속정을 구입해서 쀠토성 가에 정박시켜 놓았는데, 어느 일요일엔가 비주와 나와 '백작 부인'이 그 배를 방문했다. 그녀는 그 배에 쿠션 의자와 긴 의자들을 갖다 놓고 응접실처럼 꾸미고 있었다. 그날 그녀는 선원식의 챙 달린 모자를 쓰고, 흰 바지를 입고 있어서, 뚱뚱하고 안달스러워하는 젊은 해군 소위 후보생 같아 보였다.

그녀가 우리에게 차를 대접했다. 내 기억에는 그날, 티이크 목재로 만든 벽에 붉은 테두리를 입힌 그녀의 여자 친구 사진이 하나 걸려 있었다. 짧은 머리를 한 그녀는 쉬르쿠프(역주: 프랑스 18세기 말부터 19세기 초까지의 해적)의 후손으로서, 정박지, 황금 빛의 삼각 돛, 비 내리는 항구 등을 소재로 하는 노래를 주로 부르던 가수였다.

그녀가 이 배를 산 것은 그 여자 친구의 영향 때문이었을까?

저녁이 되자, '백작 부인'과 마들렌느 루이즈는 비주와 나를 그 배 응접실에 남겨 둔 채 나갔다. 나는 내가 고른, 그 애가 별로 어려워하지 않도록 조각을 크게 만든 퍼즐을 그 애를 도와 함께 맞추었다.

그해 겨울, 센 강의 물은 크게 불어나서, 강물은 현창 높이에 까지 넘실거렸으며, 물에 섞인 진흙과 라일락의 부드러운 내음이 배 안 실내에까지 풍겨 왔다.

우리 둘은 브리에르의 소택지 풍경 사이로 배를 저었다. 우리가 강을 거슬러 올라감에 따라 나는 점점 그 애와 비슷한 나이가 되어 갔다. 우리는 불로뉴를―내가 숲과 강 사이에서 태어난 그곳을 따라 거슬러 올라갔다.

일주일에 두 번이나 세 번 정도, 밤이 되어 내가 비주와 단둘이 있던 시간이면, 걸음 소리를 들을 수 있었던 30세 되는 그 남자. 그는 그 아파트의 열쇠를 가지고 있었으며, 종종 뒷문으로 출입을 했다. 처음에 그는 내게 자신이 소니아의 오빠인 '장 보리'라고 소개를 했지만, 그렇다면 왜 그녀와는 성이 달랐던 것일까?

마들렌느 루이즈는 내게 감동적인 어조로, 오도에 가문―소니아의 가문―은 아일랜드의 귀족 출신으로서, 18세기에 폴란드에 자리를 잡았노라고 이야기했다. 한데 그녀는 왜 소니아를 오데트라고 불렀던 것일까?

소니아의 오빠라는 장 보리는 갸름한 얼굴에 곰보였는데 내게는 퍽 친절했다. 그가 평상시보다 조금 일찍 오면, 비주와 그와 나는 함께 저녁 식사를 했다. 그는 아주 자연스럽게 아이를 극진히 상냥하게 대해 주었다. 그 애의 아버지? 그는 항상 넥타이 핀을 한 단정한 옷차림이었다. 그는 어디서 잠을 잘까? 알베르 1세 가? 소니아의 방 혹은 아파트 구석 쪽 빈 소파 위?

그는 보통 꽤 느지막해서야 봉투를 손에 들고 떠나갔는데, 봉투에는 '장에게'란 소니아의 글씨가 커다랗게 씌어 있었다. 그는 마들렌느 루이즈를 피하고 있어서, 그녀가 없을 때만 우리를 방문했다.

어느 날 밤, 그는 아이가 잠자는 모습을 보고 싶다고 했고, 그 역시 그 애의 침대 가에 앉아, 내가 『젠다의 죄수』를 읽는 것을 들었다. 우리는 번갈아 비주를 안아 주었다.

'살롱'이라고 불리는 커다랗고 쓸쓸한 방에서 중국인이 우리에게 커피를 대접했다.

"오데트는 참 이상한 사람이야."

그리고 지갑에서 접힌 사진을 꺼내더니 내게 내밀었다.

"그게 5년 전 오데트가 데뷔할 때 사진일세. 그날 저녁 공연에서 어떤 유력 인사에게 주목을 받았지……. 예쁜 사진이지?"

흰 보자기를 씌운 테이블들 그리고 그 테이블 주위에는 야회복을 입은 사람들이 있었다. 구석 쪽 연단에는 오케스트라 일단. 그리고 영사기의 환한 빛을 받고, 자그마한 오두막집 세 채와 소나무와 종이로 만들어 세운 산들이 꼭대기가 하얀 인조 눈으로 덮인 채 알프스적인 분위기를 풍기고 있었다. 야회복을 입고 담배를 피우며 식탁에 앉아 있는 사람들 앞에는 30명쯤 되는 알프스 사냥꾼들이 스키를 신은 채 두 줄로 차렷 자세를 하고 서 있었다. 땅 위에도 인조 눈이 덮여 있어 반짝거렸다. 나는 장 보리에게 그 알프스의 사냥꾼들이 스키를 신은 채 부동자세로 저녁 내내 서 있었는지, 그날 밤 오데트의 역은 어떠한 것이었는지를 감히 물어볼 엄두를 내지 못했다. 프로그램 판매원이었을까?

"어떤 축제였지……. '스키의 밤' 이라는."

내게, 오데트의 데뷔 장면을 보여 주는, 그 엉터리 싸구려 눈과 겨울이 현실과 뒤섞였다. 창문으로 몸을 기울이고, 알베르 1세 가에 쌓인 눈을 바라보는 것으로 충분했다.

"자네가 가정교사 하는 일에 대해 오데트가 보수는 두둑이 주나?"

"네."

그는 생각하는 듯한 표정을 지었다.

"저 애를 그렇게 잘 돌봐주어서 참으로 고맙네."

그를 문 밖으로 배웅하면서 나는 참지 못하고 그의 누이와 그가 정말로 18세기에 폴란드로 이주한 아일랜드의 어떤 귀족 가문 태생인가를 그에게 물어보았다. 그는 무슨 이야기인지 영문을 모르는 듯했다.

"우리? 우리가 폴란드 사람? 오데트 자신이 그렇게 말하던가?"

그는 캐나다식 외투를 입고 있었다.

"폴란드 인이라면 폴란드 인이겠지. 하지만 도금을 한 폴란드 가문……."

그의 웃음소리가 계단에 울려 퍼졌고 나는 현관에 못 박힌 듯 서 있었다.

나는 쓸쓸한 아파트를 되돌아 지나갔다. 어두운 곳들, 둘둘 말아 놓은 융단, 압류라도 당했던 것처럼 벽 위에 나 있는 그림 걸었던 자국과 맨바닥 위의 가구가 놓였던 흔적들, 그리고 중국인들은 부엌에서 카드놀이를 하고 있으리라.

그 애는 뺨을 베개에 묻은 채 잠들어 있었다. 잠들어 있는 한 어린아이와 그 애의 머리맡을 지키는 한 사람, 그것이 이 공허한 가운데 그래도 그 무엇인가였다.

마들렌느가 내놓은 제안, 소니아가 너무 좋다며 맞장구를 친

그 제안이 모든 일을 망쳐 놓았다. 비주를 '영화'에 데뷔시킨다는 의견이었다. 그 애를 잘 돌봐주기만 하면 그때 영화에서 스타 노릇을 하고 있던 미국 어린아이와 맞먹게 될 것이라는 얘기였다. 소니아는 배우 일에서는 손을 뗀 것 같았으며, 내게는 그녀와 마들렌느 루이즈가 그들의 사라져 버린 희망을 비주에게 짐 지우려는 것이 아닌가 하는 생각이 들었다.

나는 장 구종 가에 있는 쿰 학교의 여선생에게 비주는 이제 학교를 그만둔다고 설명을 했다. 그녀는 자기의 유일한 학생을 잃어버린다는 생각에 낙담했으며 나 역시 그녀와 비주 모두를 위한 마음에 비탄에 잠겼다.

영화 제작소에서 있을지도 모를 사진 촬영에 대비해서 그 애를 의상실로 데려가야 했다. 거기서 그 애에게 여자 승마복과 스케이트 복장, 그리고 어린 모델복을 맞추어 주었다. 그 애의 어머니와 마들렌느 루이즈가 그 애를 끊임없이 예비 테스트 모임에 데리고 다녔으며, 나는 창문을 통해 검은 덮개가 내려진 소니아의 2륜 마차가 알베르 1세 가의 눈 위에서 출발하는 것을 바라보곤 했다. 가슴이 미어지는 듯했다. 비주는 어머니와 마들렌느 루이즈 사이에 꼭 끼어 앉아 있었으며 마들렌느 루이즈는 마치 서커스단의 조련사처럼 회초리로 말 잔등을 때리고 있었다.

이제까지 그 애를 온갖 교습소에 데리고 가는 것이 나의 임무였다. 피아노 교습, 댄스 교습, 보종 가의 선생에게서 받는 감독 교습. 지금과는 다른 옷을 입고 이에나 가의 사진관 안에서 포즈 취하기. 불로뉴 숲의 마술장에서의 조마 교습. 적어도 그곳은 드넓고 맑은 공기가 있었고, 그토록 작고, 그토록 금발인 그 애는 흰색과 회색이 점점이 박힌 말, 눈과 아침의 안개와 뒤섞여 운치를 주는 그 말 위에 앉아 생기를 되찾았다.

그 애는 한 마디 말도 하지 않았고, 피곤함에도 불구하고 한 마디 불평도 않았다. 마들렌느 루이즈와 소니아가 그 애에게 휴식을 허락해 준 어느 날 오후, 우리는 트로카데로 공원에 갔고, 그 애는 썰매 위에서 잠이 들었다.

얼마 안 있어, 나는 프랑스 남부 지역으로 떠날 수밖에 없게 되었다. 파리는 위험해졌으며, 발베르 학교의 옛 친구가 내게 준 그의 이름으로 된 신분 증명서를 더 이상 믿을 처지가 못 되었다.

비주의 이름은 비주가 아니었고 소니아의 이름도 소니아가 아니었지만, 나도 레노르망(역주: 친구의 이름)이 아니었다.

나는 그들에게 남프랑스에선 비주가 틀림없이 행복하게 지낼 수 있을 것이라고 얘기하면서 비주를 내게 맡기라고 요구했다. 허사였다. 뚱뚱하고 완고한 마들렌느 루이즈는 그 아이를 배우로 만들겠다는 그 생각에 집착해 있었다. 거기다 소니아란……
남에게 잘 넘어가는 성격인 데다 이제 한물 간…… 그리고 배우
로 〈달 밝은 밤의 소나타〉를 홀린 듯이 듣는 그 모습과 그 흐릿
한 눈길…… 하지만 나는 그녀가 그 엷고 흐릿한 장막 속에 하
층민의 단단함을 지니고 있으리라고 항상 생각해 왔다.

나는 어느 날 아침, 그 애가 잠에서 깨어나기 전에 출발했다.

몇 달 후, 니스에서 나는 매주일 상영하는 영화 프로에서 그
애의 사진을 발견했다. 그 애는 〈사수射手들의 갈림길〉이라는
영화에 출연하고 있었다. 그 애는 잠옷을 입고 손에 전등을 든
채, 약간 여윈 얼굴로, 알베르 1세 가에 있는 황량한 아파트 안
의 그 누구를 찾는 듯한 표정으로 서 있었다.

틀림없이 나를 찾고 있었던 것이리라.

그 이후로 더 이상 그 애의 소식을 듣지 못했다. 그 이후로 수
많은 겨울철이, 내가 헤아려 볼 수도 없는 수많은 겨울이 지나
갔다. 부불르는 궁지에서 헤어났다. 그는 고무공처럼 탄력있게
튀어오를 줄 아는 사람이었다. 하지만 그 애는? 내가 아침과 오
후마다 그 애를 찾으러 가곤 했던 장 구종 가의 쿰 학교는 이제
없어져 버렸다. 부둣가를 거닐 때마다 그 당시의 눈, 알베르 1
세 가에 있던 벨기에 왕의 동상과 조화를 이루고 있던 시몽 볼
리바르의 동상들을 덮고 있던 하얀 눈을 회상한다. 적어도 그것

들만은 말 위에 꼿꼿이 앉아, 쾌속정들이 뒤쪽의 청록색 물에 일으키는 소용돌이에 무관심한 채로 움직이지 않고 내 기억 속에 남아 있다.

6
스코사의 햄릿

    페드로가 우리에게 누군가의 퇴학을 알리는 것은 항상 우편
물 분배가 끝난 뒤 식당에서였다. 당사자는 억지로 좋은 낯을
지으며 눈물을 흘리거나 혹은 눈물을 억제하며 우리와 마지막
식사를 했다. 우리들 중의 누군가가 그런 시련을 겪을 때마다
나는 마음이 불안해졌고 슬프기까지 했다. 내게는 마치 그들이
사형 언도를 받은 사람처럼 보여서, 최후의 순간에 페드로가 사
면을 해주었으면 하고 바랐다.
    필립 요트랑드의 퇴학은 나보다 훨씬 나이가 많은 부르동이
나 비느그렝의 퇴학 때보다 훨씬 큰 충격을 주었다. 내가 신입
생으로 들어왔을 때, 그는 최고 학년인 4학년에 2년째 머물러

있었다. 교장 선생님은 그를 '벨르 자르디니에르'의 '감독생'
으로 임명했다.

관례대로 페드로는 그에게 식당에서 선언이 있을 것이라고 이
야기했다. 요트랑드는 사태를 별 대수롭지 않게 받아들이기로
작정한 듯, 식사하는 동안 내내 식탁의 친구들과 농담을 했다.

오후가 되자마자, 우리들의 '감독생들'이 우리들을 서둘러
콩페데라시옹 운동장으로부터 본관 앞의 연병장으로 몰고 갔
다. 페드로와 전 선생님들이 층계에 서서 우리를 기다리고 있었
다. 조용했다. 그때, 교장 선생님이 장중하고 단속적인 목소리
로 의례적인 연설문을 읽어 내려갔다.

"여러분들의 동료인 필립 요트랑드 군이 퇴학을 맞게 되었습
니다."

그와 선생님들은 차렷 자세로 서 있었다.

"필립 요트랑드, 열에서 나와 이리 올라와."

요트랑드는 상급 학년인 동료들 곁을 떠나 계단을 씩씩하게
올라갔다. 그는 매일 저녁 식사 때면 우리들이 입게 되어 있는
학교 마크가 달린 셔츠를 입고 있었다.

"필립 요트랑드, 동료들 앞에 차렷 자세로 설 것."

그는 희미한 웃음과 미안한 듯한 표정을 띠고 마치 교수대에
선 것처럼 계단 위에 꼼짝 않고 섰다.

"필립 요트랑드, 자네는 이제 더 이상 우리들과 함께 있을 자격이 없다. 자네를 발베르로부터 추방한다……."

하지만, 계단을 다시 내려오기 전에 그는 페드로와 모든 선생님들에게 거절하기 어려울 정도로 상냥하게 손을 내밀었다.

몇 년이 지난 어느 해 저녁 일곱 시쯤에 파리 체육협회 입구를 나오다가 나는 멀리서 그의 모습을 보았으나, 접근할 생각은 하지 못했다. 그가 아직도 발베르를 기억하고 있을까? 사실은 내가 그에게 말을 걸 필요가 없었다. 나는 그의 그 당시 정신 상태를 알고 있었기 때문이다.

두 팔을 운전대에 기대고, 턱을 손에 괸 채, 그는 그가 그토록 애지중지해서 한시도 떨어져 있으려 하지 않는 그의 낡은 접이식 지붕의 자동차에, 생각에 잠긴 듯 오랫동안 앉아 있었다. 자동차에서 떨어지는 것은 자기 몸의 일부를 절단하는 것과 같은 일일 것이었다. 그 차는 그의 삶의 전부와 연결되어 있었다.

이 여름날 저녁에 무엇을 하려는 것일까? 매일 아침이면 그는 체육협회의 수영장에서 모습을 보였다. 그는 바에서 토마토 주스와 팜바니아를 먹은 후 텔레비전 화면에서 투르 드 프랑스 일주 자전거 경기대회 실황을 보았다. 그리고는 수영장으로 다시 돌아왔다.

그는 그달 초부터 그 누구에게도 말을 걸지 않고 지냈는데,

그게 그에게 편했다. 그는 체육협회에서 두세 번 아는 사람이 나타나자 슬쩍 몸을 피했다. 그토록 사교적이던 그가 그렇게 비사교적이 된 것은 놀라운 일이었다.

그가 일시적으로나마 고통스러워하는 순간이 있다면 저녁 일곱 시쯤이었다. 자기 혼자서 저녁 식사를 하게 되리라는 생각에 약간 기가 꺾였으나, 그런 기분은 불로뉴 숲을 거니는 동안 사라졌다. 저녁 공기는 감미로웠고, 불로뉴의 숲은 그에게 많은 것을 회상시켜 주었다. 저쪽 카트랑에서 그는 몇몇 결혼식 연회에 참석했다. 그의 친구들은 세월이 흐름에 따라 이제는 모두 결혼을 하고 말았다.

저 멀리 뇌이이 쪽의 아크리마타숑 공원의 볼링장은 요트랑드가 발베르 학교에서 쫓겨난 뒤 대학 입학 자격시험 준비 강의를 빼먹곤 하던 지난날에 매우 유행하던 곳이었다. 그는 거의 매일 오후를 볼링을 하면서 보냈다. 그곳에는 몰리토 수영장 회원들이나, 뮈에트 수영장 회원들이 모여, 이 다음번의 '습격 파티'는 어디에서 열 것인가를 결정하곤 했다.

그가 무슨 이유로 발베르 학교에서 쫓겨난 것일까? 그건 그가 학교에 청바지랑 미국 음반이 그득한 가방을 들고 와서는 반값에 다른 학생들에게 팔았기 때문이다. 몰리토 수영장 회원 중의 한 명인 그의 친구가 PX로부터 직접 구한 물건들을 그에게 제

공했다. PX는 유럽에 주둔하고 있는 미군들만이 출입할 수 있는 상점이었다.

PX! 그토록 대단한 마력을 지니고 있던 그 두 글자, 필립 요트랑드 또래의 아이들을 그토록 꿈에 들뜨게 했던 그 금단의 상점이 요즈음에는 아무런 감흥도 불러일으키지 않을 거야, 라고 그는 생각했다.

포르트 뮈에트에서 그는 왼쪽으로 돌아서더니 쉬셰 가를 따라갔다. 그는 매일 포르트 도퇴이으까지 그 길을 따라갔으며, 그런 후 다시 쉬셰 가를 따라서 포르트 뮈에트로 돌아온 후, 란느 가를 따라 마이오 문까지 가서는 다시 포르트 도퇴이으 쪽을 향해 회전을 했다. 그는 이 정처없는 산책을 하면서 어디서 식사를 할 것인가 결정하고 싶었으리라. 하지만 그는 결정을 못하고는 나지막이 경사가 진 5구區로 차를 몰았다.

18세였을 때, 그는 이 거리의 어린 왕자였다. 오스왈드 크뤼츠에 있는 아파트의 제 방에서 그는 거울 앞에 서서 넥타이 손질을 마지막으로 했다. 그리곤 머리털을 이마에 착 붙였다가는 포마드를 살짝 발라서 뒤로 넘기기도 했다. 그는 주로, 자기 아버지가 회원인 모터 요트 클럽의 회원 마크가 찍힌 셔츠와 회색 바지를 입고 다녔다. 구두는 이탈리아식의 끈 없는 구두를 신고 다녔다.

거울의 틀 사이에 토요일 저녁의 초대장들이 끼워져 있었다. 초대장들에는 훌륭한 가문임을 알 수 있는 이름들과 돈 많은 부르주아임을 알 수 있는 이중 이름들이 새겨져 있었다. 그것은 부모들이 제 딸의 친구들을 이른바 '랠리(역주:대회, 경연의 뜻)' 라는 것에 초대하는 초대장들이었다. 매주 토요일마다 필립 요트랑드는 십여 군데의 랠리 중에서 어느 것을 고를까 하고 망설여야만 했다. 그는 그중 두세 개를 택했으며, 자신의 참석이 그 랠리에 특별한 환호를 불러일으키리라는 것을 잘 알고 있었다. 사실상, 필립 요트랑드가 참석한 랠리는 다른 것들보다 성공적이었고 활기가 있었다. 그는 수백 번에 걸쳐 열리는 랠리들이 가장 열렬히 참석해 주기를 바라는 사람들 중의 하나였던 것이다.

그 수많은 랠리들, 오퇴이으 가와 파시 가의 어떤 부르주아와 라볼이나 아프카숑 해변에 자주 들르는 말쑥한 소 귀족이 여는 랠리들. 대학가의 별 이름 없는 랠리들. 군대 장교였던가, 공무원이었던가 했던 어떤 사람은 제 딸이 빅토르 뒤리 학교의 제 친구들을 초대하는데 드는 비용을 대느라 가계에 구멍을 낼 정도였다. 그곳의 랠리는 회합 내내 부모가 참관을 하는 약간 엄숙한 분위기에서 치러졌으며, 음료는 오렌지 주스였다. 17구의 랠리는 약간 멋을 부렸으며 여름에는 카부르에, 겨울에는 샤모니에 머무는 어떤 부르주아가 개최하는 성대한 것이었다. 거기다 뮈에트 가와 포크 가의 보다 화려한 랠리가 있었다. 거기서는 포로테스란트 및 가톨릭, 혹은 유대교를 믿는 은행가의 자식들이 프랑스의 가장 혁혁한 귀족 가문의 친구들이나, 칠레나 아르헨티나 냄새가 풍기는 이국적 이름을 지닌 사람들과 어울렸다. 그러나 요트랑드가 좋아했던 모임은 다른 부모들이 무언가 스캔들 냄새가 나고 '졸부' 가문에서 벌어진다는 이유로 백안시하던 쉬셰 가의 첫 번째 건물의 테라스 있는 아파트에서 벌어지던 랠리였다. 그것의 개최자는 전에 희극배우였던 여자와 결혼한 어떤 변호사의 아들과 두 딸이었다.

쉬셰 가에 스포츠 카를 소유하고 있으며, 요트랑드처럼 발베르 학교 학생이었던 십여 명의 소년 소녀들의 핵심 그룹이 형성되었다. 변호사의 아들은 18세의 나이임에도 아스통 마르헹이라는 고급 차를 가지고 있었고, 요트랑드는 덮개를 여닫는 붉은색 차로 만족하고 있었다. 다른 한 명은 옅은 녹색의 나쉬를 운전하고 다녔다.

이전에 희극배우였던 그 집의 안주인은 자기가 딸의 동갑내기라도 되는 것처럼 자주 회합에 참석했다. 그리고 필립 요트랑드에게 가장 찬란했던 기억 중의 하나는, 7월의 어느 날 밤, 모든 사람들이 테라스로 춤을 추러 나간 후, 그녀가 그에게 '사랑 게임'을 걸었던 기억이었다. 지금이야 매우 늙어 버렸겠지만 그때는 그녀가 30세밖에 안 되었다고 말할 수 있을 정도였다. 얼굴과 어깨 위의 그녀의 체취들. 그날 밤 그녀와 그 사이의 '사랑 게임' 은 그 이후로 쓰이지 않는 표현을 빌린다면 상당히 '깊은' 것이었다.

그런 식의 회합이 수도 없이 많이 벌어졌다. 춤을 추는 사람이 있는가 하면, 테라스 한 구석에 가서 포커를 하는 치들도 있었고, 요트랑드가 그 집의 딸들 중 한 명과 그러듯이 방으로 쌍쌍이 사라져 버리는 치들도 있었다. 그리고는 불로뉴 숲의 나뭇잎들이 살랑거리는 것을 바라보면서 밀 다비의 음악을 들으며 꿈에 젖어들었다. 필립의 생애 중 가장 행복했던 그 시기는 그의 군 입대로 인하여 끝이 났다.

그는 에비앙 협약이 있기 두 달 전에 알제리로 파견되었다. 그런 후 얼마 동안은 발 드 그라스에서 근무하다가 그의 아버지 친구의 뒷줄에 의해 라트르 제독의 옛날 측근이었던 아주 훌륭한 어떤 해군 장교의 운전사 신분으로 군 복무를 마쳤다. 그 장교를 대동하고 요트랑드는 숲을 오랫동안 산책하기도 했다.

그가 다시 도시 생활을 시작한 지 얼마 되지 않아 그의 아버지가 죽었다. 그의 어머니가 용감하게 '모리스 요트랑드' 제약 연구소의 우두머리 일을 맡아 해냈고, 필립도 이제는 일을 해야 할 나이가 되었기에 그 친족 기업의 '섭외 담당' 일을 맡게 되었다. 그가 그 자리에 적합한 인물은 아니었지만, 모리스 요트 랑드 박사에 대한 존경 때문에 모두 눈을 감아 주었다. 몇 년 후 어머니는 그녀와 그녀의 아들에게 재정적으로 큰 뒷받침이 되었던 요트랑드 연구소를 어떤 외국인들에게 양도한 후 남부 지방으로 은거해 버렸다. 그때부터, 라 부르스와 얼마간 친교를 가지게 된 필립이 재산을 헤프게 관리하게 되었다.

그는 쉬셰 가와 앵그르 가가 갈라지는 십자로로 차를 몰고 나갔다. 차 한 대가 그를 추월하며 운전사가 진홍빛의 불독 같은 얼굴을 열린 창으로 내밀고 요트랑드에게 약을 올렸으나, 그는 꿈꾸는 듯한 미소로 응답을 했을 뿐이었다. 이전 같았으면 그는 그 차를 맹렬히 추격하여 다시 앞을 가로막았을 터였지만, 그런 장난을 일삼을 나이는 이미 지나 있었다. 그는 앵그르 가의 가로수 옆에 차를 멈추고 라디오를 틀었다. 라디오에서는 아나운서가 메마른 목소리로 자전거 일주 경주의 마지막 광경을 중계하고 있었다. 가로수들과 벤치와 나무로 된 녹색의 가두 신문 판매대, 그리고 오른편에 있는 건물 중의 하나가 그에게 20여 년 전의 일을 회상하게 만들었다.

그곳 앵그르 가에서 그는 그 당시 꽤 유명했던 안네트 스트로이베르그라는 한 예쁜 덴마크 여인을 방문하곤 했다. 파리마치 잡지에 실린 그보다 훨씬 나이 많은 한 여자의 사진이 그에게

친밀감을 불러일으켰고, 그로 인해 그는 그전까지 그가 어울리던 집단보다는 덜 부르주아적인 사회에 출입을 하게 되었다. 그런 식으로 그는— '벨르 페론니에르' 나— '바아 드 테아트르' 에서 몇몇 표지 모델들이나 신인 영화배우들과 어울리곤 했다. 그러나 가장 주목할 만했던 만남은 안네트 스트로이베르그와의 만남이었다.

이듬해 겨울, 그는 메제브 나이트 클럽에서 두 번째로 그녀를 만나, 그녀에게 인사를 하고 있는 중이었다. 그때 우연히 잡지사 기자의 플래시가 터졌다. 그리곤 어떤 잡지의 한 면을 온통 차지하고 그 사진이 다음과 같은 표제와 함께 실리게 되었다. '영화의 샛별들과 파리의 명사들이 스키 후에 밀회' 그 사진 속에는 물론 필립 요트랑드가 있었고, 안네트 스트로이베르그와 함께 앉아 있는 여배우 및 십여 명의 다른 여배우들의 모습도 있었다. 그는 웃고 있었다. 사진은 랠리들 가운데 곧 이리저리 떠돌게 되었으며, 요트랑드의 명성이 한층 위세를 떨치게 되었다. 메제브에서 안네트 스트로이베르크와 사진을 찍혀 16구의 총아가 된 그는 열아홉 살이었고, 그때가 최절정기였다.

그가 자신도 모르게 나이 먹었음을 느끼게 된 것은 군복무를 마친 후였다. 그가 계속해서 빈번히 출입을 한 랠리들에서, 그와 비슷한 나이의 사람들이 차츰 줄어 들어갔다. 일과, 결혼과,

성인으로서의 생활이 하나씩 하나씩 그들을 끌어낸 것이다. 요트랑드는 차츰차츰, 그가 16세 때 즐기던 칼립소나 차차차를 미뉴에트만큼이나 낡아빠진 것으로 여기고, PX가 어떠한 것이었는지를 모르는 아이들 틈에 끼게 되었다. 그는, 1939년도 여름에 루앙 레펭의 야유회원들이 춤을 추던 사진, 5년이나 지나서 누렇게 변색한 에스키나드의 사진을 그들에게 보이지 않도록 무척 조심을 했다.

하지만 그에게는 근본적인 대범함과 낙천적인 기질이 남아 있어 그들의 새로운 춤들을 배우기도 했으며, 여전히 좌중의 흥을 돋구는 역할을 유지하고 있었다.

그녀는 열여덟 살이었으며 그들은 어떤 저녁 회합에서 알게 되었다. 그녀는 한 벨기에 실업가의 딸이었다. 카르통 드 보르그라브 씨 부부는 파리와 브뤼셀에 아파트 각 한 채씩, 아르덴느에 큰 저택 한 채, 녹크 르 주트에 별장 한 채를 소유하고 있었다. 그들의 딸이 필립 요트랑드를 매우 좋아하는 것처럼 보이자 몇 달 후 그들은 그에게 자기 딸과 약혼을 하든가 아니면 더 이상 만나지 말든가의 양자택일을 하도록 요구했다.

약혼식은 브뤼셀에서 열렸고, 그날 저녁 카르통 드 보르그라브 부부는 루이즈 가에 있는 자기들 아파트에서 손님들을 접대했다. 요트랑드는 파리에 있는 그의 모든 친구들을 초대했다.

그의 미래의 처갓집 식구들은 자정쯤이 되어 이 젊은 친구들이 벌이는 괴상한 짓거리에 당황했다. 쉬세 가의 변호사의 딸 중 한 명이 샴페인을 너무 많이 마셔서 취한 나머지 스트립쇼를 벌였고 어떤 친구는 끊임없이 벨기에의 '엘리자베스 여왕을 위하여 축배를' 이라고 외치면서 술잔을 들고는 발코니 너머로 던져 버렸다.

가족들은 약혼자들이 주트에 있는 별장에서 조용히 휴가를 보내기로 결정했으며, 카르통 드 보르그라브 부부는 요트랑드의 어머니에게, 그들을 8월에 결혼시키자고 요청을 했다. 처음에는, 요트랑드는 자기 약혼자 및 약혼자의 친구들과 테니스를 치며 지냈다. '카스텔 보르그라브' 라는 이름의, 튜더 왕조식으로 지은 별장의 분위기, 그의 미래의 장모님이 차 마실 시간이 되면 그를 온갖 친척들에게— 자기가 말을 놓고 지내는 레티의 공작부인, 장 랑베르 남작, 태양빛을 무서워하는 소년 등—소개하곤 하는 그 분위기 때문이었을까? 자동차 경주를 지나치게 좋아하는 그 집안의 그 귀공자 때문이었을까? 혹은 요트맨처럼 정장을 하고, 바다를 면하고 있는 테라스에 앉아 생 트로페 식의 위엄을 보이느라 애쓰면서 이야기를 나누곤 하던 중년의 사람들 때문이었을까? 혹은 남빛의 하늘? 바람? 비? 어쨌든 필립 요트랑드는 더 이상 참을 수가 없었다. 열흘이 지났을 때, 그는 자기의 약혼녀였던 여인에게 사과의 편지를 남긴 후, 첫차를 타고 주트를 떠나 버렸다.

앵그르 가에 저녁이 찾아오자 그는 차를 출발시키기로 결심했다. 그는 포르트 도퇴이으 쪽을 향해 쉬세 가로 차를 몰았다. 깨어진 약혼에 대한 회상은 그에게 고통스러운 것이었다.

그 당시 그는 마음이 가벼워지는 듯한 느낌이었고, 평상시의 습관으로 돌아갔다. 그러나 그가 끈질기게 잦은 출입을 하던 랠리에서 그는 자신이 늙었다는 기분을 자주 느끼게 되었다. 물론 그는 여전히 사랑을 받고 있었다. 그는 일종의 마스코트 같은 존재가 되었던 것이다.

그래, 사태가 무척이나 변하게 되었다. 우선, 필립 요트랑드의 외관이 그보다 나이 어린 아이들의 외관과 눈에 띄게 대조를 이루었다. 요트랑드는 머리를 짧게 깎고 다녔으며, 18세 때 입던 셔츠를 계속 입고 다녔다. 그는 즐겨 베이지색 옷을 입고 다녔으며 고무창이 달린 구두를 신었다. 그렇게 그는 자기 세대의 청소년들의 모델이었던 모습, 1950년대 초의 미국 스포츠맨의 차림 그대로 있었던 것이다.

세월이 흘렀다. 그리고 필립 요트랑드는 여가를 선용해야만 했다. 그는 생활의 많은 부분을 테니스와 겨울 스포츠를 하면서 보냈고, 1년 중 한 달 간은 칸느에 있는 어머니 곁에 규칙적으로 머물면서 노총각 노릇을 했다.

그의 옛 친구들이 요트랑드는 아주 유쾌한 손님이 되리라는 것을 알고, 휴가철에 그를 초대하곤 했다. 그들의 자식들은 그를 매우 좋아했다. 친구들보다는 그 아이들 곁에서 그는 이전의 에스키나드에서 산책을 할 때의 활기를 되찾았다.

차츰차츰 우울이 그들에게 스며들기 시작했다. 그러한 경향은 그가 35세쯤 되던 때부터 시작되었다. 그런 후부터 그는 그가 말한 바 '자기의 생애에 그에게 일어나지 않았던 일들'을 곰곰이 생각하려고 혼자 있기를 즐기게 되었다.

포르트 도퇴이으에서 그는 쉬셰 가의 반대 방향으로 차를 돌리고는 포르트 드 뮈에르 쪽으로 향했다. 그리고는 앙리 마르텡 가 입구에서 차를 세웠다. 손목시계를 보니 8시 반이었는데, 아직도 그는 어디서 식사를 할 것인지 결정을 못하고 있었다.

별 문제될 건 없었다. 그에겐 시간이 있었다. 그는 앙리 마르텡 가를 따라가다 왼편으로 빅토르 위고 가로 접어들었다. 아래쪽 광장에서 그는 차를 세운 후 차에서 내려 차문을 가볍게 닫은 후 천천히 걸음을 옮겨 '스코사' 카페의 테라스에 앉았다.

그곳은 그가 매일 같은 시각에 마치 신비스러운 구심점이나 되는 듯이 무의식적으로 들르게 되는 곳이었다. 필립 요트랑드에게 있어 '스코사'는 그의 젊음이 남아 있는 마지막 유적지,

전부 다 흩어져 버린 가운데 마지막 안식처였다.

이전에는 '스코사'의 테라스에는 사람들이 북적거렸다. 여름날의 회합이나 사랑 게임이 이루어졌으며, 분수와 나뭇잎들이 살랑거리는 소리를 냈고, 교회의 종소리는 휴가의 시작을 알렸고…….

그는 아이스크림 소다를 주문했다. 그가 대입 자격시험 준비 수업을 빼먹던 시절, 그는 친구 한 명과 함께, 그들이 가장 좋아하던 곳, 리도 아케이드 밑으로 가서 아이스크림 소다를 홀짝이곤 했다.

거의 밤이 다가왔다. 자동차 몇 대들이 빅토를 위고 광장을 지나고 있었다. 그는 자기 주위를 둘러보았다. 테라스엔 손님이 별로 없었다. 왼편 구석에 믹키 뒤 팜팜이 앉아 있는 것이 보였다. 그는 자기도 모르게 그를 유심히 살펴보지 않을 수 없었다. 네온을 받아 반짝이는 백금색 머리칼, 이마 위에 컬을 지어 늘어뜨리고, 목까지 굴곡지게 만든 그 머리칼. 믹키는 자기의 젊은 시절의 머리 모양을 그대로 하고 있었다.

믹키 생애의 드라마는 링컨 가 모퉁이에 있는 샹젤리제의 어떤 바에서 마감이 되었다. 그는 20여 년 간 그곳을 지배했고 그의 최전성기는 전쟁 중, 스윙 춤이 그 지방에 유행하던 시절, 믹키가 그들 또래에서 최고의 명성을 누리던 때였다. 그의 믹키 뒤 팜팜이라는 고상한 칭호는 그때 얻어진 것이었다. 자기의 기반을 잃어버린 후, 그는 쓸쓸하게 '스코사'로 옮겨 왔다.

요트랑드는 몰래, 60세쯤 된 그 늙은 사람을, 지저분한 신발 쪽으로 고개를 숙이고 혼자 탁자에 앉아 있는 사내를 유심히 살펴보았다. 저, 믹키 뒤 팜팜은 오늘 저녁 무엇을 꿈꾸는 것일까? 그리고 왜 사람들은 늙어서까지, 그 생애의 어떤 때 어떤 시기의 포로가 되어, 차츰차츰 자신의 절정기에 황폐한 그림이 되어 가는 것일까?

그리고 자기, 필립 요트랑드도 몇 년 후면 믹키 뒤 팜팜같이 되는 것은 아닐까? 그런 생각들이 그를 오싹하게 했으나, 그는 여전히 천성적인 낙천성을 잃지 않고 있었기에 그따위 심각한 일을 생각하고 있는 자신에게 놀라서 그날 저녁부터는 자신을 '스코사의 햄릿'이라고 별명지어 불러야겠다고 결정했다.

그로부터 몇 테이블 건너에 20세쯤 되어 보이는 소녀 한 명이 양복의 깃에 약장을 단, 신사풍의 의젓하고 점잖은 풍채의 백발을 한 남자와 함께 앉아 있었다. 할아버지인 모양이라고 요트랑드는 생각했다. 노인이 일어나더니, 지팡이를 짚고 카페 안쪽으로 걸어갔다.

테이블에는 소녀 혼자만 남아 있었다. 그녀는 금발이었으며 머리에 사과 모양의 장식을 달고 있었다. 그녀는 빨대로 석류 주스를 마시고 있었다.

요트랑드는 그녀를 뚫어지게 바라보았다. 그녀는 그의 옛 약혼녀와 생김새가 비슷했다.

그래, 할아버지가 잠시 자리를 비운 틈을 이용해서, 그녀에게 자기소개를 하고, 마치 춤이라도 같이 추자고 청하듯이 몸을 굽히면서 만날 약속을 청한다면?

그는 그녀가 석류 주스를 마시는 모습을 바라보았다. 7월이면 그는 서른여덟 살이 될 것이었지만, 그는 아직까지도, 세상이란 영원한 '기습 파티' 같은 것은 아니라고 단단히 마음먹을 수는 없었다.

7
다니엘은 여전히 어린애

　내 친구 다니엘 데조토 역시 학교에서 퇴학맞고는 나를 찾아와 영사실의 새로운 일원이 되었다.

　데조토 또한 요트랑드와 꼭같은 수모를 견뎌 왔다. 학교 식당에서 쫓겨나기, 모든 학생들에게 냉담한 교수들 앞에서 층계 오르기, '너는 자격이 없어' 라고 선언해 버리는 페드로의 냉혹한 목소리 등……. 그러나 그의 태도는 요트랑드의 태도와는 달랐다.

　퇴학 맞은 지 몇 주 후, 그는 빨간색 스포츠카를 몰고 우리를 찾아왔다.

　그는 자기의 스포츠카를 본관 앞의 광장에 세워 두었다. 그때는 마침 쉬는 시간이었기에 우리는 모두 그의 차 주위로 몰려들었다. 데조토는 이 차가, 자기가 '파파'라고 부르는 아버지가 생일 선물로 준 것이라고 설명해 주었다. 운전면허를 가질 수 있는 나이가 채 못 되었음에도 불구하고 어떻게 차를 몰고 다니는가에 대해 우리가 의아해하자 그는 '파파'가 자기에게 벨기에 국적을 가질 수 있도록 손을 써 두었다고 말했다. 벨기에에서는 면허 없이도 운전을 할 수 있는 모양이다.

우리 모두는 지난 여름 '파파'가 그에게 선물로 준 큰 돛단배 사진을 데조토가 우리에게 보여 준 이후로 그가 얼마나 자기 아들을 망치고 있는 것인가를 알고 있었다.

우리가 모여 있는 것이 금세 장 슈미트 씨의 신경을 건드려 그는 데조토에게 당장 꺼져 버리라고 소리쳤다. 데조토는 성실치 못한 자세와 막되먹은 애들 특유의 변덕스러움 때문에 퇴학을 맞았던 것이고, 이제 발베르에서는 어느 누구도 그를 더 이상 보려고 하지 않았다.

데조토는 조금도 망설임 없이 입가에 엷은 웃음을 머금고는 느릿느릿한 동작으로 차 문을 열더니 운전석 옆의 서랍에서 미제 담배 한 상자를 꺼내서는 페드로에게 내밀었다.

"받으세요, 교장 선생님……. 파파가 드리는 거예요."

그리고는 이내 차에 올라 발동을 걸었다.

*

　그로부터 15년 후, 대서양 해변의 한 해수욕장을 지나치는 길에 나는 그를 해변의 산책로에서 만났다. 그는 금방 나를 알아보았다. 그의 양볼은 이미 옛날의 포동포동함을 잃어버렸고 갈색 머리털은 희끗희끗한 백발로 듬성듬성 물들어 있었다.

　다음 날 그는 내게 전화를 걸어 그 동네의 테니스 클럽에서 점심을 같이 하자고 초대했다.

　날씨는 아주 좋았다. 테니스 클럽의 널찍한 테라스 아래 바가까이 두 개의 테이블이 '데조토' 씨 이름으로 예약되어 있었다.

　한 60세쯤 되어 보이는 테니스복 차림의 한 사내가 아주 경쾌한 걸음걸이로 내게로 다가왔다. 그는 손을 내밀며 웃어 보였다.

　아주 기분 나쁜 웃음이었다. 단아하지 못한 그의 입술 생김새 때문에 그렇게 느껴졌을까?

　"다니엘을 기다리십니까?"

　"네, 그렇습니다만……."

　"레와용입니다. 다니엘의 친구죠."

　그리고는 마치 성직자이기라도 한 듯한 제스처로 내 어깨를 가볍게 누르며 나를 자리에 다시 앉히는 것이었다.

도대체 왜 이 레와용 의사를 보자마자 거북스러워졌던 것일까? 아무리 생각해도 이해할 수가 없었다. 그는 주름잡힌 눈으로 나를 찬찬히 훑어보고 있었다. 일그러진 입술에는 여전히 기분 나쁜 웃음을 띤 채로. 나는 이 침묵을 깨뜨리기 위해 생각나는 대로 말을 걸었다.

"다니엘과는 오래전부터 아는 사이신가요?"

"네, 꽤 오래됐죠. 그런데 댁은?"

그의 이 물음에는 뭔가 도전하는 듯한 날카로움이 담겨져 있었다. 마치 나라는 존재가 그에게는 위협적이기라도 한 것처럼. 그는 어쩌면 나를 라이벌로 생각하고 있는 것이리라.

다행히도 데조토가 곧 우리와 합석했다. 그는 흰색 티셔츠에 감청색 점퍼 차림이었다. 레와용과 나는 그가 자리에 합석하게 됨에 따라 서로 약간 서먹서먹해졌다.

"자네 레와용과 인사했나? 의사인데, 나하고 제일 가까운 친구라네."

데조토가 서둘러 소개를 했다.

"그리고 또 많은 신세를 지고 있기도 하지."

"아니, 다니엘, 아닐세. 오히려 자네의 우정이 내게는 영광인걸."

의사가 소리치며 얼른 데조토의 말을 가로챘다. 그리고는 나를 향해 몸을 돌리며 말했다.

"다니엘은 아주 멋진 여자와 결혼했어요. 그의 부인을 아십니까?"

"마누라가 곧 이리로 올걸세."

다니엘이 웃으며 내게 말했다.

"자네 아페리티프 한 잔 들겠나?"

그러나 내가 약간 망설이자 그는 이내 바텐더를 향해 소리쳤다.

"어이 미셸, 아메리카노 두 잔 가져다 주게. 그리고 레와용에게는 복숭아 시럽을 한 잔 부탁하네."

미셸이라는 바텐더의 정중한 태도로 보아 데조토가 이곳 테니스 클럽에서 꽤나 행세하는 사람이라는 것은 쉽게 짐작할 수 있었다.

우리는 데조토의 이름으로 예약된 두 개의 테이블 중 하나를 둘러싸고 앉아 있었다. 우리가 앉아 있던 의자는 나무로 된 흰 칠을 한 목재 의자였다.

"자네는 지금 아주 대단한 분과 같이 앉아 있다는 걸 알기나 하나?"

데조토가 의사를 가리키며 내게 말을 걸어 왔다.

"내 자네에게 설명해 주지……"

레와용은 쑥스럽다는 듯 어깨를 으쓱해 보였다. 한 무리의 사람들이 우리 쪽을 향해 오고 있었다. 한 명의 금발 여인과 테니스 차림의 청년들 서너 명이.

"내 마누라 귀니야일세."

데조토가 아주 대단한 금발 미녀를 내게 소개시켜 주었다.

그녀는 힐끗 나를 돌아보며 머리로 간단한 인사 표시를 해 보였다. 그리고는 레와용을 향해 웃음을 보냈다. 의사는 자리에서 일어나더니 조금 전 내 어깨를 눌러 자리에 앉힐 때와 같은 부드러운 동작으로 그녀의 손에 키스했다.

다니엘 데조토는 우리를 위해 야채 샐러드와 홍포도주를 시키고 레와용 몫으로는 삶은 계란과 탄산수를 주문했다. 그는 이 의사에 관한 자질구레한 것들까지도 다 알고 있는 것 같았다.

데조토의 부인은 스웨덴 여자였다. 그녀는 아주 굵고 거만한 목소리로 프랑스 말을 했다. 우리와 함께 식사를 하던 그 서너 명의 청년들은 그녀에게 갖은 친절을 다 베풀었다. 그러나 그들은 다니엘 데조토에 대해서도 마찬가지의 경의를 지니고 있음이 역력해 보였다.

레와용은 이 청년들의 이름을 거침없이 불러 댔으며, 마치 애송이 단원들을 함부로 다루는 고참 보이스카웃 대장처럼 거친 감정을 마구 드러내 보였다. 식사가 계속되는 동안 의사는 오전 중 다니엘 데조토가 그때그때마다 보여 주었던 백핸드나 서비스에 관해서만 줄곧 물어보았고 또 그 청년들은 하나같이 다니엘의 스매싱에 대한 칭찬만 늘어놓았다. 오직 레와용 입에서만 비판이 나올 뿐이었는데 다니엘은 멍하니 입을 벌린 채 그걸 듣고 있었다. 도대체 이 의사는 나의 옛 클래스 메이트의 삶속에서 어떤 역할을 하고 있었던 것일까?

귀니야는 건성으로 담배를 피우며 자기는 오후에 테니스를 치겠노라고 내뱉듯이 말했다. 그러자 청년들은 과연 누가 그녀의 파트너가 될 것인가를 두고 열띤 말다툼을 벌였다. 그들이 얼마나 격렬하게 말다툼을 벌이던지, 다음번에는 혹시 자기가 마를리의 꼴이 되지 않을까 노심초사하며 조바심을 내던 루이 14세 주변의 신하들을 방불케 할 정도였다. 레와용은 한껏 점잖은 목소리로 제비뽑기할 것을 권했다.

테라스 아래로 지나다니는 사람들은 하나같이 다니엘 데조토와 그의 부인, 그리고 레와용에게 인사를 했다. 바텐더는 한 치의 소홀함도 없이 아주 자질구레한 것까지 미리 알아서 해주었다.

다니엘과 귀니야는 이 테니스 클럽의 공자였고 이 클럽의 모든 회원은 그들의 신하였으며 의사인 레와용은 추기경이나 다름없었다. 필경 다니엘은 흔히 골프 클럽이나 테니스 클럽 같은 데서 '귀하신 분'이라고 부르는 그런 지위를 지니고 있는 듯했다. 나는 또 나대로 내 오랜 친구가 아주 멋진 여인과 결혼을 했고 또 꽤나 지체 높은 사람이 된 것을 알게 되어 매우 자랑스러웠다.

나는 보석에 대해 썩 잘 알고 있었기 때문에 귀니야의 손가락에 끼워져 있는 것이 우랄산 에메랄드와 아주 깨끗한 물방울 무늬의 다이아몬드임을 알아차렸다. 내가 고개를 들자 내 시선은 레와용과 시선이 마주치게 되었다. 그 눈빛은 마치 직업적인 사기 노름꾼이 새로 출현한 사람에 대해 혹시 그도 마찬가지로 비표를 한 카드를 갖고 있지 않은가 의심하는 듯한 기이한 눈빛이었다.

"아주 좋은 보석이죠, 안 그렇습니까? 치료에 도움이 되도록 하기 위해 내가 귀니야에게 권한 거랍니다."

그가 말했다.

"무슨 말씀이죠?"

내가 반문했다.

"그건 레와용이 당신을 어떤 종류의 고통으로부터도 회복되게 해줄 수 있다는 뜻이에요."

귀니야가 퉁명스럽게 내 말에 대꾸했다.

그러자 다니엘도 덩달아 역성을 들었다.

"그건 사실이라네. 또 레와용은 자네를 일분 안에 재울 수도 있지. 지금 앉은 그대로 말이야……. 단지 이마를 몇 번 쓰다듬기만 하면 되거든……. 한 번 해보시죠, 의사 선생님."

"어린애같이 굴지 말게, 다니엘."

레와용의 못생긴 입술이 달싹거렸다. 그의 굳어진 표정을 보자 나는 왠지 오싹해졌다.

"용서하세요, 의사 선생님. 난 단지 당신이 어떤 걸 할 수 있는지 친구에게 보여 주고 싶어서……."

"의학이란 진지한 것이라네, 다니엘."

그의 음성에는 다시 부드러움이 깃들어 있었다.

"레와용 선생 말씀이 옳아요, 여보."

귀니야의 말에 우리들의 대화는 끊어지고 말았다.

오후 내내 나는 테라스 아래 앉아 있었다. 다니엘은 테니스를 치기 위해 중앙 코트를 예약해 두었다. 간간이 그는 잠깐씩 모습을 나타내곤 했다. 그를 따르는 젊은 패들이 아낌없이 퍼부어 대는 끊임없는 격려에도 불구하고 '힘들어' 소리만 연발하는 그의 모습은 점점 초조해 보였다. 걱정스러워진 귀니야는 여전히 굵은 목소리로 다니엘이 한시도 가만히 있지 못하며 또 항상 자신의 기력을 다 써야만 할 필요가 있어서 그러는 것이라고 내게 설명해 주었다. 다행히도 레와용이 그를 잘 보살펴 준다는 것이었다.

시합이 다 끝나자 다니엘은 화가 난 듯한 몸짓으로 라켓을 테라스 기둥에다 내팽개쳐 버리고는 어린애처럼 토라져서 바로 가 버렸다. 그 주위에 몰려 있던 사람들은 그가 기분 나빠 하는 것에 이미 익숙해져 있는 듯했다. 그의 신하들 중 어느 누구 하나도, 심지어는 레와용도 그가 그런 모습을 보이는 것에 대해 당황해하는 기색이라고는 보이지 않았으니 말이다. 귀니야는 다니엘의 라켓을 집어 들고는 레와용 의사의 귀에다 대고 몇 마디 뭐라고 속삭이더니 사라져 버렸다. 레와용도 고개를 몇 번 끄덕이더니 따라서 사라져 버렸다.

나는 다니엘의 어깨에 손을 얹었다. 그가 나를 향해 몸을 돌리며 웃어 보였다. 대학 시절 그가 늘상 짓곤 하던, 약간 서글픈 듯하면서도 착하기 짝이 없는 그런 웃음이었다. 그리고는 나를 이끌고 테라스 끝으로 갔다. 거기에는 아무도 없었다. 우리는 벤치에 걸터앉았다.

"그런데 파파는?"

내가 물었다.

'파파'는 줄곧 거기에 있었다. 일흔다섯의 고령에도 불구하고 파파는 여전히 잘 견뎌 내고 있었다. 데조토는 지금 자기와 자기 마누라가 이곳에서 파파와 마마—그는 또 어머니를 항상 이렇게 불렀다—와 함께 바캉스를 지내고 있는 중이라고 설명해 주었다. 그들 모두는 벨뷔 호텔에서 묵고 있었다. 이 호텔은 다니엘이 아주 어렸을 때부터 파파와 마마와 함께 매년 한 달씩 보내곤 했던 호텔이었다. 벨뷔 호텔은 자기네 집이나 다름없는 곳이라고 그가 말했다. 또 테니스 클럽은 그들의 영지나 다름없었다. 파파는 다니엘이 세 살 적에 벌써 예외적으로 그를 이 테니스 클럽의 회원으로 가입시켜 놓았던 것이다.

우리는 오래 전부터 사귄 친구였으므로 다니엘은 모든 것을 다 털어놓았다. 1년 동안의 망설임 끝에—그 1년 동안 다니엘은 한 이해심 많은 아버지 친구 집에서 일하며 성난 소처럼 먹어 대기만 했다는 것이었다—파파는 마침내 귀니야가 패션 모델을 그만두고 유대교로 개종한다는 조건 아래에 그의 결혼을 승낙했다. 파파는 그들에게 장 구종 가의 커다란 아파트를 사 주었고 마마는 아파트 치장 일을 도맡아 해주었다. 또 다니엘이 귀니야에게 보석을 선물할 수 있도록 돈을 빌려 준 것도 파파였다.

'파파'는 그에게 영화 수출입 회사의 한가로운 일을 맡겼다.

좋은 점은 그 덕택에 자주 여행을 할 수 있다는 것과 칸느 영화제에 빠짐없이 참석할 수 있다는 것이었다. 그것은 특히 귀니야를 매우 즐겁게 했다.

"그런데 레와용은?"

나는 다니엘에게 뭔가 말하기를 꺼려 하는 듯한 기미를 느꼈다. 레와용은 그들이 가는 곳마다 쫓아 다니는 일종의 주치의였다. 의사는 장 구종 가에 있는 다니엘의 아파트에서 함께 살고 있었다. 귀니야와 다니엘은 레와용 의사의 많은 보살핌을 받고 있었다.

그런데 '파파' 는 이 의사에 대해 어떻게 생각하는 걸까?

이번에는 다니엘은 아무런 대답도 하지 않았다. 그는 귀니야와 자기가 애기를 하나 갖고 싶어한다고 말하면서 화제를 슬쩍 딴 데로 돌려 버렸다. 장 구종 가의 아파트에는 벌써 아기 방이 마련되어 있다는 것이었다. 아주 널찍한 하늘색 아기 방이. 그리고 다니엘은 자기 혼자 가끔 그 방에서 자곤 한다고 내게 털어놓았다.

"재미있는 생각이지. 안 그래?"

다니엘은 자신의 왕국의 경계임을 표시하는 테니스 클럽 입구까지 나를 바래다 주었다. 그는 내가 파파와 마마에게 안부와 함께 아름다운 추억들을 전해 달라고 말하자 매우 감격한 듯했다.

나는 국도를 가로질러 돌아왔다.

그가 팔을 흔들어 잘 가라는 표시를 하는 것이 보였다. 이마에 흩어져 내린 희끗희끗한 백발을 한 그의 기색은 영원한 골르족 왕자의 지쳐 있는 모습 같았다. 그의 백발은 그가 나이 들었음을 나타내 주는 유일한 표지였다. 그러나 그렇게도 새하얀 것을 보면 어쩌면 물들인 것인지도 몰랐다.

누군가가 내 어깨를 가볍게 쳤다. 나는 몸을 돌렸다. 레와용
이었다.

"당신과 얘기를 좀 하고 싶은데요."

음침한 목소리로 그가 말했다.

그는 아주 보드라운 밤색 세무 가죽 가방을 들고 있었다. 그
색깔은 테니스복으로 아주 청결한 흰색과 대조를 이루고 있었
다. 도대체 어떻게 해서 그가 거기 있게 되었을까? 다니엘과 내
가 클럽에서 나올 때부터 우리를 쫓아왔던 것일까? 아니면 이
길목에서 나를 기다리며 꼼짝도 않고 있었던 것일까?

"이쪽으로 오시지요."

우리는 곧 미니 골프장 언덕에 이르렀다. 골프장은 흰색으로
칠해진 나무 담장과 쥐똥나무 숲으로 둘러싸여 국도로부터 격리
되어 있었다. 초가지붕으로 덮인 시골풍의 조그마한 집 안에 있
는 카운터 뒤에서는 한 금발 여인이 분주하게 일을 하고 있었다.

"경기를 하시겠어요, 의사 선생님?"

그러면서 벌써 그녀는 골프채를 꺼내 놓았다.

"아니, 아니. 그냥 마실 거나 한 잔 하겠소."

레와용은 나더러 아무 테이블에나 앉으라는 신호를 했다.

"복숭아 시럽을 두 잔 주시오."

"네, 의사 선생님."

그는 자기 가죽 가방을 테이블 위에 펴 놓고는 손가락 끝으로 보드라운 가죽을 쓰다듬었다.

"나는 당신이 더 이상 다니엘을 만나지 않기를 바라오."

그가 아주 단호한 어조로 말했다.

"왜요?"

"왜냐하면 당신이 그와 만나는 게 그에게는 좋지 않다고 생각하기 때문이오."

그는 뱀같이 차가운 시선으로 나를 뚫어져라 쳐다보았다. 그는 아마 나를 겁주고자 했던 것이리라. 그러나 나는 오히려 웃고 싶을 지경이었다.

"도대체 내가 어째서 그에게 이롭지 않다는 거죠? 나는 그와 어릴 적부터 친군데……."

"아주 꼭 맞는 말씀을 하셨소이다."

그의 어조는 다시 부드러워졌으며 말투에서는 기름기가 느껴졌다.

그는 계속 가죽 가방을 쓰다듬고 있었다. 쉴 새 없이 왔다갔다하는 그의 손을 보자 문득 어떤 영상이 아주 또렷하고 실감나게 나의 뇌리에 떠올랐다. 나는 이 손이 귀니야의 엉덩이를 쓰다듬는 것을 보았던 것이다.

"다니엘 부인과 사이가 좋으신가 보죠?"

내가 불쑥 그에게 물었다.

"아주 좋지요, 왜요?"

"그러면……."

"조금 아까 당신은 아주 핵심적인 말을 했습니다."

레와용이 말했다. 그는 약간 당황한 듯했다.

"다름 아니라 어릴 때라는 단어지요……. 다니엘은 여전히 어린애입니다. 바로 이게 문제지요."

그는 복숭아 시럽을 한 모금 천천히 들이켜고는 마치 포도주 감별사가 새 포도주 맛을 음미하듯이 입 안에서 돌리며 조금씩 삼켰다.

"어린애에게는 따라야 할 어떤 행동들이 있는 법이죠. 많은 위엄이 필요한 겁니다. 제가 여기 있는 것은 바로 그 때문입니다. 다니엘의 부모님들은 너무 맘이 약하고 또 너무 늙으셨어요. 이 문제를 해결 할 수 있는 사람은 나밖에 없어요…… 물론 이건 다니엘 부인의 전적인 동의에 의한 것이죠……."

이제 그는 가방의 지퍼를 만지작거리고 있었다.

"당신이 더 이상 다니엘을 만나지 않기를 제가 바라는 것은 다 그를 좋게 하기 위해섭니다……. 그에게 어린 시절이나 학창 시절의 추억을 떠올려 주는 모든 것들은 결국 그의 상태를 더욱 악화시키기만 할 뿐이죠. 섭섭하게 들리시겠지만 당신은 그에게 좋지 못한 영향을 끼치게 될 겁니다. 다니엘을 평온하게 놔두세요……."

그는 분명 내 웃음이 기분 나쁜 듯했다.

"상황은 당신이 생각하시는 것보다 훨씬 심각합니다. 다니엘의 부모님들도 그걸 잘 알고 계시기 때문에 제게 전권을 위임한 거죠. 여기 모든 기록들이 지금까지 제가 당신에게 드린 말씀을 뒷받침해 줄 수 있을 겁니다."

그는 아주 천천히, 그리고 꽃잎을 떼어 내는 것같이 섬세하게 가방의 지퍼를 열었다.

"이 기록들을 보시겠습니까?"

"그럴 필요 없습니다."

나는 여전히 입술에 다분히 도전적인 미소를 띤 채 머리를 앞으로 바짝 내밀었다.

"나는 다니엘의 후견인입니다. 공식적인 후견인이란 말씀이오."

레와용이 더듬거리며 말했다.

"그런데 이 모든 것에 대해 그의 부인은 어떻게 생각하지요?"

내가 물었다.

"그녀는 전적으로 저를 믿습니다. 뿐만 아니라 제 일에 많은 도움을 주고 있지요."

테니스복 차림에 갈색 가죽 가방을 들고 일어서서 레와용은
내 앞에 우뚝 섰다. 관목 덩굴에서는 발베르 학교의 정원에서
풍기던 것 같은 풀 냄새가 물씬 풍겨왔다.

"자 이제, 실례를 해야겠군요. 데조토 부인에게 마사지를 해
줄 시간이 되었군요."

8

마르틴느, 우리들의 여왕

매년 6월, 일요일 중 하루를 정해 학교 축제가 열려 부모와 친구들이 모두 함께 모이곤 했다. 이 축제는 '스포츠 축제'라고 불렸는데 이 두 단어 만으로도 스포츠가 가장 중요시되는 우리 학교의 독특한 기풍을 충분히 엿볼 수 있었다.

체육복 위에 수놓아진 금색 삼각형 무늬가 새겨진 방패꼴 문양에는 'SPORTS'라는 단어가 선명히 새겨져 있었다. 우리는 반드시 그 체육복을 착용해야만 했다.

그 일요일들은 코브노비친느의 명성을 더욱 떨쳐 주었다. 나는 그가 라코스트 셔츠에 흰 바지를 입고 발에는 운동화를 신은 채 머리를 꼿꼿이 쳐들고는 마치 옛날에 쿠에바스 후작이 무도

회 진행을 주도하듯 그 체육 행사를 질서정연하게 진행시켜 나가는 모습을 다시 볼 수 있게 된 것이다. 그의 애완견인 슈라는 이날 하루 동안은 특별히 줄에 매이지 않은 채 어슬렁거릴 수 있었다. 우리 학생들은 각종 경기에서 서로 경쟁하며 묘기를 펼쳤다. 100m경주, 기계체조, 장대높이뛰기 등등. 이 체전은 저물녘이 되어 필드하키 경기를 마지막으로 끝나곤 했다. 필드하키 경기의 심판은 페드로가 직접 보았다.

이 체육회 날의 스타는 뭐니 뭐니 해도 장대높이뛰기 선수들이었다. 그 경기의 승리자는 코브노비친느가 직접 수여하는 우승컵을 받았다. 그러나 그해, 나는 내 동료들의 경기보다는 이봉의 누이인 마르틴느에게 더 많은 신경을 썼다.

마르틴느는 수영장 옆 잔디밭에 수영복 차림으로 누워 있었다. 그날의 스타들인 크리스티앙 비느그렝, 부르동, 그리고 장대높이뛰기의 당당한 승리자인 필립 요트랑드, 맥 파울즈, 샤렐, 그리고 다른 몇 명이 그녀를 둘러쌌다. 그들 모두에게 이봉은 자기 누이를 소개하고는 마치 대변인이나 통역관이라도 된 것처럼 마르틴느 곁에 붙어 있었다.

그의 태도는 약간 쑥스러운 듯 얼어 있었지만 한편으로는 마르틴느가 거둔 성공이 자랑스러운 듯도 했다.

나 역시 모두들 그녀 주위로 몰려들어 환심을 사려고 저마다 애쓰는 것에 약간 으쓱해지는 느낌을 맛볼 수 있었다. 내가 아는 여자애들 중에서 마르틴느만큼 예쁜 애는 없었다. 넘실거리며 흘러넘치는 적갈색 머리칼, 청순한 눈, 끝이 약간 위로 치켜진 코, 길게 뻗은 다리, 몸을 돌려서는 비느그렝이 내미는 라이터로 담뱃불을 붙이는 우아한 허리 움직임. 그녀는 어릴 적부터 나의 친구였다.

그녀는 이봉과 함께 마을 중심부에 살고 있었다. 독퇴르 도르덴느 가에 있는 그녀의 집 앞면은 온통 담쟁이덩굴로 덮여 있었다. 이봉은 반기숙생의 자격으로 학교를 다니고 있었다. 우리는 매일 저녁 그의 집으로 놀러가고 싶어했다. 그의 아버지는 묘목 가꾸는 일을 직업으로 하고 있었다. 집 뒤켠에 있는 묘판에서 우리는 곧잘 숨바꼭질 놀이를 하곤 했다.

나는 3년 간 이 동네에 살면서 이봉과 쟌느다르크 여학교에 다니고 있던 그의 누이와 사귀게 되었다. 당시 이봉과 마르틴느, 그리고 나 셋은 거의 같은 나이—아마 아홉 살이나 열 살쯤이었으리라—였지만 그때 벌써 마르틴느는 거의 지금 이 수영장 옆에 누워 있는 마르틴느만큼이나 컸었다.

그녀는 우리에게 간식을 만들어 주기도 하고 숲을 산책하려고 메츠 씨 가족의 오두막까지 우리를 데려가기도 했다. 숨바꼭질을 하고 놀 것인가 말차기를 할 것인가를 결정하는 것도 항상 마르틴느였다.

다른 애들에 비해 내가 갖고 있는 이점이라고는 내가 그 애들보다 훨씬 먼저 마르틴느를 알고 있다는 것뿐이었다.

마르틴느의 호감을 사기 위해 비느그렝과 부르동은 점점 더 멋진 다이빙을 해 보였다. 비느그렝이 먼저 회전 다이빙을 해 보이자 부르동도 질세라 물구나무를 선 채로 수영장 가에까지 걸어가서는 오리 다이빙을 해 보이는 것이었다.

체육회 날에는 수영장에 좀 지나칠 정도로 많은 메틸렌블루를 풀어 놓곤 했기 때문에 비느그렝과 부르동이 물에서 나와 다시 우리 곁에 와서 앉았을 때는 팔과 다리가 온통 잉크 범벅이 된 것처럼 되어 있었다.

한 마흔 살쯤 되어 보이는 한 사내가 우리 패거리에 끼어들었다.

우리 학교의 졸업생일까, 아니면 요트랑드와 비느그렝이 한껏 흥을 돋구며 놀았던 파리에서의 저녁 파티에서 만났던 사람들 중의 하나였을까?

그도 또한 마르틴느에게 끌린 듯했다. 그는 마르틴느에게서 눈길을 떼지 않았다. 곧 그는 가느다란 목소리로 자기 소개를 했다. 그의 이름은 데실바였는데 '곧 상파울로에 다녀오게 될 것 같다'는 그의 말을 듣고 나는 그가 브라질 사람이리라고 추

측했다. 그의 프랑스어에는 외국인 특유의 어색한 악센트가 조금도 섞여 있지 않았다. 비느그렝과 부르동, 요트랑드는 왜 그를 '베이비'라고 친근하게 불렀을까? 그의 동그란 얼굴과 잘 빗어내린 갈색 머리카락 때문이었을까? 아니면 그의 발음이 어린애스러워서였을까?

"당신은…… 이 학교 학생인가요?"

그가 마르틴느에게 물었다.

갑자기 비느그렝이 웃음을 터뜨렸다.

"뭐야? 발베르의 학생이냐고? 오, 불쌍한 베이비……."

그리고는 마르틴느에게로 향하며 말했다.

"그를 나무라지 마세요……. 뭘 잘 모르거든요……. 브라질에서는……."

"당신 정말 브라질 사람이에요?"

마르틴느가 물었다. 그녀가 갑자기 데실바에게 관심을 쏟자 이봉과 나는 왠지 모르게 초조해졌다.

"아주 잘 물어봤어."

비느그렝이 말했다.

"나도 이 베이비를 알고 난 후에 계속 그게 궁금했거든."

"아가씨, 저 친구 말을 듣지 마세요."

데실바가 가느다란 소리로 말했다.

"나는 정말로 브라질 사람이에요. 정 원하신다면 제 여권을 보여 드리지요."

마르틴느는 필드하키 경기를 구경하지 않았다. 비느그렝과 부르동이 꼭 경기 구경을 해야 한다며, 남아 있기를 간청했지만, 그녀는 고집을 꺾지 않았다. 하늘색 옷을 입고 마르틴느는 그 옛날 숲에서 이봉과 나와 더불어 밤을 주울 때의 그 느릿느릿한 걸음걸이로 정문 쪽을 향해 걸어갔다.

비느그렝이 그녀의 팔을 잡으려 했지만 마르틴느는 웃으면서 뿌리쳤다.

"우리 갓 결혼한 사람처럼 해보지 않을래요?"

비느그렝이 물었다.

"아니, 난 당신네하고는 결혼하지 않을 거예요."

"그럼 누구랑 결혼할 거죠?"

부르동이 물었다.

"제일 부자하구."

마르틴느가 대꾸했다.

제일 부자는 두말할 것도 없이 비느그렝이었다. 그는 '은행장 아들'이라는 별명을 갖고 있었다. 아니면 맥 파울즈가 제일 부자일 것이다. 미국 국적을 가진 그의 할머니는 '아리에 스트라우스'라는 화장품 회사를 창립했던 것이다.

"모두 다 부자라는 걸 알기나 알어?"

이봉이 기죽은 목소리로 말했다.

"제일 부자는 어쨌든 이 베이비겠지, 안 그래, 베이비?"

비느그렝이 말했다.

베이비가 어깨를 으쓱거렸다.

"어쨌든 아가씨, 제가 여권을 보여 드려야 된다는 걸 잊지 마세요."

베이비가 의문스런 웃음을 띠며 말했다.

"잘 알고 있어요."

마르틴느가 지금 베이비 데실바에게 주고 있는 시선의 의미는 무엇이었을까? 아이러니? 아니면 정말 흥미가 있어서? 혹은 그 둘 다였을까?

마르틴느는 우리 패거리가 지겹기라도 하다는 듯이 '안녕'이란 인사 한 마디 없이 떠나 버렸다. 그녀는 우리를 멍청하게 버려 둔 채 학교 정문을 지나 비에브르 강 위에 걸린 다리를 건너갔다.

한편 우리는 철창으로 된 담장 뒤에서 그녀가 마침내 조그만 점이 되어 황혼 속으로 사라져 버릴 때까지 눈으로만 그녀의 뒤를 쫓고 있었다.

*

그후 토요일만 되면 그들은 데실바가 모는 란시아(역주: 이탈리아제 고급 승용차)를 타고 마르틴느를 찾아 왔다. 데실바는 오전에 학교로 와서 비느그렝과 부르동, 그리고 뒷자리에 두세 명을 태우고 갔다. 독퇴르 도르덴느 가의 집 앞에 이르면 데실바는 급정거를 하고는 클랙슨을 몇 차례 눌러 댔다.

마르틴느는 이봉과 나에게 인사 키스를 해주었지만 마음은 벌써 딴 데 가 있었다. 그리고 나서 그녀가 자동차까지 뛰어가면 자동차는 보리수나무가 늘어서 있는 길을 질풍처럼 달려 국도로 사라져 버리곤 했다.

나는 이봉과 함께 집에 남아 있곤 했다. 이봉은 더 이상 파리에 가고 싶지 않은 듯했다. 예전에는 토요일 오후만 되면 마르틴느와 함께 파리에 가곤 했는데, 그때마다 나는 몽파르나스 역에서 이봉과 마르틴느를 기다리곤 했다. 우리는 영화를 보거나 또는 마르틴느가 이끄는 대로 백화점을 어슬렁거리기도 했다. 여름이면 우리는 불로뉴 숲을 거닐다가 아무 카페에나 들어가 테라스에 앉아 샌드위치로 저녁을 때우곤 했다. 그러다 막차 시간이 되면 나는 다시 그들을 몽파르나스 역까지 배웅해 주었다.

이제 마르틴느가 없어지자 이 토요일 오후들은 온통 텅 빈 듯한 느낌만이 들 뿐이었고 우리는 비느그렝, 부르동, 요트랑드 그리고 그 패거리에 낀 다른 녀석들을 질투했다. 마르틴느는 그 패거리의 여왕벌이었다. 그 녀석들은 나이가 어리다는 핑계로 이봉과 나를 업신여기고 있었다. 그들은 모두 졸업반 아니면 그 바로 아래 학년에 속해 있었지만 나이는 모두 열아홉 아니면 스물이었던 것이다.

그런데 그들 가운데에서 베이비 데실바의 역할은 도대체 무엇이었을까?

마르틴느는 대개 10시쯤 돌아왔고 그때까지 나는 이봉과 함께 그의 방이 아니면 정원에 있곤 했다. 그녀는 할 수 있는 한 소리를 내지 않으려 했지만 우리는 그녀의 한껏 조심스레 죽인 발자국 소리에도 놀라곤 했다.

도대체 뭘 하면서 한나절을 보냈는지, 그녀는 우리에게 자세한 이야기를 들려주려 하지 않았다. 어쩌다 그저 다른 애들과 함께 극장엘 갔었다거나 깜짝 놀랄 만한 파티에 갔었다고 얘기해 주는 것이 고작이었다. 그리고는 오히려 우리에게 어떻게 지냈느냐고 물어오는 것이었다. 그녀는 토요일 오후에 우리를 내팽개치고 나가는 것이 마음에 걸리는 모양이었다.

그래서인지 하루 저녁에는, 아마도 자기가 그 누구와도 특별한 관계가 아니라는 것을 우리에게 보여 주기 위해서였겠지만,

비느그렝이 검은 라카 칠을 한 도금 라이터를 주었지만 자기는 그 선물을 거절했노라는 얘기를 들려주었다. 그녀는 맥 파울즈가 선물한 아리에 스트라우스 회사 제품의 화장품 케이스도 마찬가지로 거절해 버렸다고 했다.

아마도 비느그렝이 그녀에게 '도대체 누구에게 마음을 두고 있느냐'고 넌지시 물어본 모양이었다. 그러자 마르틴느는 자기는 아무에게도 마음 두고 있지 않노라고 대답했다는 것이었다.

이봉과 나는 학교에서 이 패거리들의 얘기를 들으면서 좀더 자세한 것을 알아내려고 애썼다. 그러나 우리가 가까이 가기만 하면 그들은 낮은 목소리로 소곤거리면서 마치 우리는 생각조차 할 수 없는 마르틴느에 관한 일들을 알고 있기라도 한 것처럼 우리에게 빈정거리는 시선을 던지곤 했다.

어느 날, 잔디밭에서 쉬고 있노라니 비느그렝이 다가와 나와 이봉에게 마르틴느가 베이비 데실바의 애인이 되었노라고, 가시 돋친 목소리로 말해 주었다.

*

실제로 이제 토요일마다 독퇴르 도르덴느 가의 집으로 마르틴느를 데리러 오는 사람은 베이비뿐이었다. 이봉은 자기 누이에게 '우리 둘이 따라가면 안 되느냐'고 물어보았지만 마르틴느는 아주 단호하게 거절해 버렸다. 그리고는 우리에게 좀 너무했다 싶었던지 이렇게 말하는 것이었다.

"다음에 그이한테 말해 볼게."

그러나 마르틴느는 한 번도 그런 얘기를 꺼내지 않은 듯했다. 우리 또한 다시는 감히 그런 약속을 환기시켜 줄 엄두를 내지 못했다.

마르틴느는 이봉의 방 창문에서 란시아 승용차가 나타나기만을 지켜보고 있었다. 란시아가 집 앞에 멎기가 무섭게 마르틴느는 재빨리 계단을 뛰어 내려왔다. 데실바가 차 문을 열어 주면 그녀는 몸을 굽혀 쓰러지듯 그의 옆자리로 미끄러져 들어갔다. 그는 부리나케 시동을 걸었고 그렇게 서두르는 꼴은 이봉과 나에게 수상하다는 생각만 심어 줄 뿐이었다.

*

한 주 한 주가 지남에 따라 마르틴느가 돌아오는 시간은 점점 늦어졌다.

처음엔 10시였던 것이 그 다음엔 11시, 그 다음엔 자정이나 되어야 돌아왔다.

이봉과 나는 마르틴느가 돌아오기만 기다리고 있었다.

어느 토요일, 우리는 새벽 두시까지 기다리고 있었다.

이봉의 부모님들은 토요일과 일요일에는 집을 비우셨고 집 뒤채에 사는 늙은 아주머니 한 분이 우리에게 저녁도 차려 주며 여러 가지 시중을 들어 주곤 했다. 그러나 그 아주머니는 아주 일찍 잠자리에 들었다.

걱정스러워진 나머지 이봉은 비느그렝이나 부르동에게 전화를 해보고 싶어했지만 우리는 그들 패거리 중 어느 누구의 주소나 전화번호도 갖고 있지 않았다.

베이비 데실바의 이름이 전화번호부에 나와 있을까? 그가 파리에 살고 있기나 한 것일까?

우리가 그 전에 이런 질문을 했을 때에도 마르틴느는 한 마디도 대꾸하지 않았다. 그렇지만 그녀는 그의 주소를 잘 알고 있었으리라.

우리는 밤의 정적을 깨뜨리는 자동차 엔진 소리를 점점 더 분명히 들을 수 있었다. 란시아가 보리수나무가 늘어선 길 끝에 드디어 그 모습을 나타냈다.

회색 차체가 달빛을 받아 번쩍거렸다.

이봉은 그들이 창문 뒤에 있는 우리를 알아보지 못하도록 하기 위해 전등을 껐다. 란시아가 보리수나무가 늘어선 길 끝에

드디어 그 모습을 나타냈다.

회색 자체가 달빛을 받아 번쩍거렸다.

이봉은 그들이 창문 위에 있는 우리를 알아보지 못하도록 하기 위해 전등을 껐다. 란시아는 비탈길을 느릿느릿 올라왔다. 드디어 그 차는 집 앞에 멈췄지만 엔진은 여전히 시동이 걸린 채로였다. 문 닫히는 소리. 터져 나오는 웃음. 데실바의 목소리. 창문 뒤에서 이봉과 나는 숨을 죽이고 있었다.

마르틴느는 몸을 굽혀서는 베이비에게 작별 키스를 해주었다. 데실바는 여느 때와 다름없이 출발하기에 앞서 액셀러레이터를 힘껏 밟아 붕붕거렸다. 우스꽝스런 버릇이었다. 마르틴느는 보도 위에서 꼼짝도 않고 서서 자동차가 길 모퉁이를 돌아나갈 때까지 기다리고 있었다.

그녀는 집으로 들어와서는 문을 거칠게 닫아 버렸다. 계단을 오르는 그녀의 발걸음은 여느 때보다 훨씬 무거운 듯했다. 무언가 굴러 떨어지는 소리가 들렸다. 그러더니 마르틴느가 참았던 웃음을 터뜨리듯, 큰 소리로 웃었다. 취한 것일까?

그녀가 이봉의 방문을 밀어제쳤다. 복도의 불빛을 받고 선 그녀의 실루엣이 어둠과 밝음의 대비로 선명히 드러났다.

"도대체 너희들 이 어두운 데서 뭘 하고 있는 거니?"

그녀는 불을 켜고는 신기한 듯 우리 둘을 호기심 어린 눈으로 번갈아 쳐다보았다. 그리고는 또다시 웃음을 터뜨렸다.

"너를 기다리고 있었어."

이봉이 말했다.

"날 기다리다니, 아주 잘들 하셨구만."

그녀의 양 볼은 약간 볼그스레 달아올라 있었고 눈은 이글거리듯 번쩍거렸다. 그녀를 건드리기만 하면 당장 감전이라도 될 것만 같았다. 그녀의 머리카락, 맑은 눈, 빨간 입술, 살갗 등 모든 것이 인광처럼 빛을 발하고 있는 것만 같았다.

"너희들한테 들려 줄 멋진 뉴스가 있어."

우리 둘은 모두 이봉의 침대에 등을 기댄 자세로 방바닥에 앉아 있었다.

"그렇게 앉아만 있지들 마……. 왜 그렇게 우거지상들을 하고 있지."

"재미 좋았어?"

이봉이 시큰둥한 투로 물었다.

"그럼, 아주 재미있었지. 그런데 너희들한테 알려 줄 아주 중요한 일이 하나 있어. 우리 살롱으로 내려갈까?"

그녀는 웃으며 우리의 팔을 잡아끌었다. 그녀에게서는 향수 냄새에 섞여 약간의 술 냄새도 풍겼는데 그게 꼬냑 냄새인지 럼 냄새인지 나로서는 쉽게 분간할 수 없었다.

*

살롱에 내려가자 마르틴느는 술들이 들어 있는 찬장으로 다가가 문을 열었다.

"한 잔씩 마시자……. 좋지?"

마르틴느는 석류빛 술이 담겨 있는 술병을 집어 들었다. 술병 위에는 조그만 쇠줄에 연결된 하트 모양의 은딱지가 붙어 있었다.

그녀는 술잔에 술을 따랐다.

"자, 건배!"

우리는 잔을 부딪쳐 건배를 했다. 이 살롱에서 우리가 술을 마시는 건 난생 처음이었다. 이봉과 나는 몰래 이곳에 들어와 신성모독을 저지르고 있는 듯한 께름칙한 기분을 느꼈다.

마르틴느는 안락의자에 털썩 쓰러지듯 몸을 파묻었다.

"나 결혼하기로 결심했어."

마르틴느가 단숨에 내뱉듯 말했다.

이봉은 눈을 크게 뜨고 그녀를 뚫어져라 쳐다보았다. 그의 시선에는 걱정스러운 기색이 역력했다.

"네가? 결혼을 한다구?"

마르틴느는 손가락 사이로 술병의 은딱지를 꼭 잡고 있었다.

그러더니 잠시 후 그것을 손바닥 안에 움켜쥐었다.

"그럼, 우리는 그냥 내버려둘 거야?"

그러자 오히려 마르틴느가 어리둥절한 표정으로 이봉을 쳐다보았다. 은딱지가 그녀의 손에서 굴러 떨어졌다.

"너희들을 내버려 둔다니? 그게 무슨 말이지?"

"도대체 누구와 결혼하겠다는 거야?"

이봉이 물었다.

"그야 베이비지. 베이비 데실바."

그의 이름 앞에 붙여진 별명이 하도 우습게 들려 나는 웃고 싶을 지경이었다. 신경질적인 웃음 말이다.

"베이비라니! 그 브라질 녀석?"

"그래. 넌 그이가 얼마나 친절한지 알기나 하니? 너희들도 아마 그이하고 잘 지낼 수 있을 거야."

"그렇지만 네가 결혼할 필요까진 없지 않아?"

이봉이 기죽은 목소리로 말했다.

잠깐 동안 침묵이 흘렀다. 나도 또한 그들의 말다툼에 끼어들고 싶었다. 나는 결혼이란 것이 결국에는 별로 쓸데없는 짓이라는 것을 마르틴느에게 얘기해 주기 위해 적절한 말을 찾으려 애썼다. 그러나 나는 끝내 입을 열 엄두를 내지 못했다.

"아니…… 아니…… 난 결혼할 거야."

그녀의 어조는 말대꾸할 여지도 없을 만큼 단호했다. 우리 모두는 안락의자에 앉은 채로 꼼짝도 하지 않았다.

"그렇게 되면 뭐가 어떻게 변할 건지 나도 잘 몰라."

마르틴느가 말했다.

"모든 것이 전과 똑같을 거야……. 봐…… 이게 그이가 내게 준 약혼 반지야."

마르틴느는 우리에게 그녀의 손가락에 끼워진 반지를 보여 주려고 손을 내밀었다. 그 당시 나는 아직 어렸지만 보석에 관해서는 꽤 잘 알고 있었다. 그것은 백금에 박은 푸른빛이 도는 아주 굉장한 다이아몬드였다.

마르틴느가 우리 쪽으로 몸을 기울이며 말했다.

"베이비는 굉장한 부자야……. 그이는 브라질에 어마어마한 땅을 가지고 있지……. 우리는 서로 떨어져 살 수 없다고 내가 그이한테 얘기할게……. 너희들은 우리와 같이 살 수 있을 거야……. 게다가 그이는 내가 원하는 거라면 뭐든지 해 줄 채비가 다 되어 있거든……."

그러나 그녀의 말에는 믿음성이 없었다. 뭔가 종말에 다다른 것 같았다.

나는 내 주위를 둘러보았다. 이미 익숙하게 잘 알고 있는 가구들이며 구석구석의 모습들이 눈에 들어왔다. 숲에 산책 갔다 돌아와서 우리가 놀던 곳이 바로 이 방이었고, 이봉과 마르틴느의 생일 파티를 벌이던 것도 바로 이 방에서였다.

한 번인가 두 번의 크리스마스도 이 방에서 보냈지. 원형으로 된 창문 앞에 크리스마스트리를 만들어 놓고…….

서랍장 위에는 가죽으로 띠를 두른 사진 한 장이 놓여져 있었다. 이봉과 나는 짧은 바지 차림이었고 마르틴느는 나무 등걸에 등을 기댄 자세로 사과를 먹고 있는 장면이 담겨 있었다.

"억만장자야…… 베이비는. 억만장자야. 알아?"

마르틴느가 또다시 말했다.

"또 내가 너희들한테 브라질에 집을 한 채 사 주라고 부탁해 볼게……."

마르틴느는 아직도 외투를 걸치고 있었다. 나는 이것이 우리 셋이서 이 살롱에 모일 수 있는 마지막 기회일 것이라고 생각했다.

*

뷔죠 로터리까지 뻗어져 내려가는 벨페이유 가의 한 모퉁이에 자리잡고 있는 이 집을 나는 언제까지나 기억하게 되리라. 그 토요일 비느그렝이 다섯시경 이봉에게 전화를 했다. 자기네

들은 마르틴느와 베이비 데실바의 약혼을 축하해 주고자 하는 데 이봉과 내가 와 주었으면 좋겠다는 것이었다.

우리는 기차를 탔다. 몽파르나스 역에 내려서는 '포르트 도 팽' 까지 지하철을 타고 갔다. 그 집은 비느그렝이 우리에게 일 러줬던 것처럼 벨페이유 가의 한 구석에 외따로 떨어진 막다른 골목에 있었다.

앞면이 베이지색으로 칠해진 그 건물은 발코니도 없고 난간 도 없었다. 창문은 작은 정사각형 꼴이었는데 그중 어떤 것들은 비행기 창 같기도 했다. 막다른 골목 끝에는 란시아가 세워져 있었다.

현관 오른편에는 대리석 판 위에 광택이 흐려진 글씨로 '가 구 완비 아파트' 라고 씌어져 있었다.

날은 벌써 어두워졌다. 2월이었던가, 3월이었던가? 비가 몇 방울 떨어졌다. 날씨가 좀 후텁지근해서 이봉과 나는 입고 있던 스웨터를 벗었다.

긴 복도에는 붉은색 카펫이 깔려 있었다. 왼편으로 유리문들 이 달린 복도가 있었다. 비느그렝은 그 유리문들 가운데 하나의 좁은 통로에서 우리를 기다리고 있다가 우리를 보더니 '들어가 자' 고 손짓을 했다.

그를 따라 우리가 들어간 곳은 호텔의 로비 같기도 하고 식당

같기도 한 그런 방이었다. 벽에는 스카치 무늬의 커튼이 드리워
져 있었고 둥근 테이블 주위에는 침침한 색의 나무로 만든 의자
들이 놓여 있었다. 부르동과 랭드리, 그리고 내가 알지 못하는
다른 애 한 명이 벽에 바짝 붙여 놓은 가죽 소파에 앉아서 잡담
을 하고 있었다.

"앉아."

비느그렝이 우리에게 말했다.

우리는 한 테이블에 가서 앉았다. 테이블 위에는 찻잔과 주전
자, 그리고 샴페인 한 병과 샴페인 잔들이 놓여져 있었다.

"차 한 잔 마실래?"

비느그렝이 두 개의 찻잔에 그득히 차를 부어 주었다.

"마르틴느는 곧 올 거야. 지금 저 위에 있어. 베이비 방
에……."

"베이비가 여기 살고 있나?"

이봉이 건성으로 물었다.

"응, 가구가 비치된 아파트 하나를 세 들어 살고 있지."

비느그렝이 말했다.

다른 애들은 조용히 담배만 피우고 있었다. 랭드리는 잠이 들
어 있었다. 우리가 앉은 테이블 가까이 있는 분홍색 갓이 씌워
진 전등과 거울로 된 벽면 두 간을 지나 모퉁이에 자리잡은 전

화 부스에서 불빛이 흘러나오고 있었다.

"너희들 둘이 같이 와 줘서 정말 기쁘다."

비느그렝이 말했다.

다른 애들은 묘한 웃음을 띤 채 우리를 쳐다보기만 할 뿐이었다.

"마르틴느가 그러니까 베이비와 결혼하고 싶어한다는 거지."

비느그렝은 마치 교수가 강의를 하는 듯한 엄숙한 목소리로 말을 이었다.

"나는 개인적으로 반대야. 너희들은 어때?"

"난 모르겠어."

이봉이 대꾸했다.

실내 공기는 매우 더웠다. 나는 온통 땀에 젖어 있었다. 이봉도 마찬가지였다.

"그렇지만 너희들은 한 식구잖아. 너희들은 마르틴느에게 영향을 줄 수도 있잖아. 나는 반드시 그녀에게 말해 줘야 한다고 생각해……."

그는 혼자서 샴페인을 잔에 따르더니 단숨에 꿀꺽 마셔 버렸다. 그의 양 볼에는 홍조가 피어올랐다. 그의 시선은 짓궂은 심술로 이글거리고 있었다.

"나는 베이비를 오래전부터 잘 알고 있어. 만일 그녀가 베이비와 결혼한다면 그건 돌이킬 수 없는 실수가 될 거야. 특히……."

그는 이봉의 손목을 잡았다.

"그렇지만 내가 질투해서 이런 말을 한다고는 절대로 생각하지마."

그런 후 비느그렝은 다른 애들이 자기 증인이기라도 되는 듯이 그들을 돌아보았다.

"네가 그 녀석을 질투할 이유야 아무것도 없지."

부르동이 말했다.

"나는 단지 실망했을 뿐이야."

비느그렝이 한숨 쉬듯 내뱉었다.

"마르틴느는 날 실망시켰어. 난 걔가 보는 눈이 꽤 높은 줄 알았는데 말야."

"마르틴느는 자기가 하고 싶은 걸 했을 뿐이야."

이봉이 퉁명스럽게 대꾸했다.

"그건 너와는 아무런 상관도 없는 거잖아."

나는 우리가 지금 왜 여기 앉아 있는가를 스스로에게 자문해 보았다. 이봉도 나와 똑같은 생각을 했던 모양이었다. 그가 몸을 일으켰다.

"기다려!"

비느그렝이 말했다.

"그들더러 내려오라고 말할게……. 너희들이 지금 여기 있다는 걸 몰라……. 이건 걔네들을 놀래 주기 위해서야……."

그는 휘청거리며 전화 부스로 다가가 어깨로 유리문을 밀어 열고 들어가서는 느릿느릿 다이얼을 돌렸다. 이봉은 여전히 선 채로였다.

그는 전화 부스에서 나오더니 이봉의 어깨를 가볍게 툭툭 쳤다.

"베이비가 곧 내려온대. 네 누이도 곧 따라 내려올 거야."

우리는 다시 자리에 앉아서는 복도 끝 왼쪽에 있는 엘리베이터 창살문만 쳐다보고 있었다.

"여긴 꼭 불가마 속처럼 덥구나."

비느그렝이 말했다.

그는 창문 하나를 열었다. 비와 나뭇잎 냄새가 방 안에 가득 찼고 창문을 통해 들어온 바람에 우리가 앉은 테이블의 하얀 식탁보가 살랑거렸다. 엘리베이터가 외줄로 된 쇠밧줄을 타고 내려오는 것이 보였다. 창살문이 열리더니 데실바의 모습이 나타났다. 그는 살롱으로 들어오더니 이봉과 내가 거기에 있는 것을 보고는 꽤나 놀란 듯했다. 그러나 그는 우리에게 잘 있었느냐는 인사는 한 마디조차 하지 않았다. 그는 몸에 꽉 끼는 감청색 싱글 차림이었다.

"마르틴느는?"

비느그렝이 물었다.

"아직 침대에 있어."

데실바가 호기심어린 목소리로 대꾸했다.

"나는 일하러 나가야 돼. 미국인 여자 손님 맞으러 리용 역으로 갈 거야."

"오래 걸리는 일이야?"

"아니…… 뇌이이에 내려 주기만 하면 돼. 그렇지만 귀찮은 건 우선 차고에 가서 다이믈러를 꺼내야 된다는 거지. 게다가 그 미국 여자는 내가 손을 잡아 주고 있지 않으면 잠을 이루지 못하거든……."

비느그렝은 그 말을 듣고 우리가 어떤 반응을 보이는지 살펴보려는 듯, 호기심에 가득 찬 눈으로 우리를 흘낏 훔쳐 보았다. 데실바가 약혼 반지로 마르틴느에게 주었던 그 푸른빛 도는 다이아몬드 반지는 원래 이 미국 여자의 것이 아니었을까?

데실바는 전화 부스 옆의 조그만 방으로 들어갔다. 다시 나왔을 때 그는 자가용 운전사들이 쓰는 감청색에 검은색 챙이 달린 모자를 쓰고 있었다. 그 모자는 우리가 익히 알고 있던 데실바와는 전혀 다른 인상을 풍기게 했다. 모자를 쓴 그에게는 어린애 같은 인상이라고는 조금도 풍기지 않았다. 오히려 하얗고도

물에 불은 듯한 피부, 주름 잡힌 눈, 얇은 입술, 특히 거의 있지도 않은 것 같은 윗입술, 이런 모든 것들이 비열하고도 완강한 느낌을 동시에 주었다.

"모두 안녕……. 오늘 저녁 나는 마르틴느를 데려다주지 못할 것 같아. 자네들만 믿네."

그의 목소리 역시 익히 듣던 그 목소리는 아니었다.

"오늘밤에 가이용 클럽에 갈 거야?"

비느그렝이 물었다.

"그 미국 여자가 빨리 잠들면……."

"그럼 내 대신 잘 놀아 봐."

비느그렝이 그에게 한 뭉치의 지폐 다발을 건네주었다. 데실바는 엄지손가락에 침을 묻히고는 돈을 세었다.

"운이 좋기만 바라야지. 안녕!"

그는 야한 춤군들처럼 발뒤꿈치로 몸을 돌려서는 방을 빠져나갔다. 잠시 후 란시아에 발동 걸리는 소리가 들려 왔다.

"자, 이젠 우리 셋이서 이야기를 해봐야 될 것 같다."

비느그렝이 우리 쪽으로 몸을 숙이며 얘기를 꺼냈다.

"나는 너희들이 마르틴느에게 주의를 주리라고 믿어……. 저 녀석은 억만장자도 아니고 브라질 사람도 아니야……."

그는 밝은 웃음을 잠깐 터뜨렸다.

"나는 저 녀석이 포르트 마이요에 있는 볼링장에서 일할 때부터 알고 있어……. 요즘 저 녀석은 운전수야……. 그리고 내 일은……."

이봉은 아무런 얘기도 듣고 싶지 않다는 듯이 머리를 밑으로 처박고 있었다.

"저 녀석은 데실바라고 불리지만 진짜 이름은 리샤르 물리아드야…… 물리아드…… 물―리―아―드!"

이 미끈한 발음의 이름을 듣자 나는 가슴이 마구 두근거렸다. 그것은 누군가의 몸을 잡아 끌어당기는 소용돌이 같았다.

"뿐만 아니라 그는 전과도 있어……. 그건 마르틴느에게 너무나도 나쁜 거야."

또 한 번 그는 밭은웃음을 웃었다. 나는 내 밑에서 땅이 꺼지는 듯한 느낌을 받았다. 방 전체가 춤을 추듯 일렁거렸다. 나는 정말 가슴이 아파 왔다.

바람이 불어 식탁보를 부풀렸고 나는 내 몸을 지탱해 줄 뭔가를 찾아 열심히 더듬거렸다. 내 시선은 바로 우리 위에 걸려진 불꺼진 커다란 샹들리에에 박힌 채 움직일 줄을 몰랐다. 샹들리에의 유리 장식들은 뿌연 빛으로 반짝이고 있었다.

"어쩌란 말이냐. 그녀는 사랑하고 있는데……."

비느그렝이 중얼거리는 소리가 들려 왔다.

9
모자 광고 모델

가을이 되면 월요일 오후마다 우리는 장 슈미트 선생이 '정원 일'이라고 부르는 작업을 하며 시간을 보내곤 했다. 반 학생들 전부가 일렬로 서서 페드로 선생을 따라 뒤로 물러나면서 잔디의 죽은 잎들을 뽑아 주는 일이었다. 그런 다음 우리는 잎 무더기들을 손수레에다 싣고는 탈의실 건물 옆의 빈터에다 쏟아버렸다.

5월의 어느 저녁, 휴식 시간에 잔디밭 옆에 있는 커다란 플라터너스 나뭇잎을 쳐다보고 있는 나에게 페드로 선생이 말을 걸어왔다.

"뭘 생각하고 있는 거지?"

"다음 가을이 되면 따 줘야 할 나뭇잎들을 생각하고 있었어요."

그는 미간을 찌푸렸다.

"나뭇잎들은 마치 학생들 같은 거지."

페드로 선생이 위엄있게 대답했다. 오래 다닌 학생들은 떠나고 새 학생들이 들어온다. 신입생들은 또 고학년이 되고 그러면 다시…… 잎들도 이와 똑같은 거지.

순간 나는 그가 어떤 자취들을 간직하고 있을까 의아해졌다.

옛날 성적표, 옛날의 작문 답안지, 매년 새로 나오는 잎들 같은 학생들의 모든 흔적들을 말이다.

물론 몇몇 '옛날의' 학생들은 이 학교의 전설 속에 살아남아 있었다. 예를 들면 그의 이름이 탈의실 옷장 위에 새겨져 있는 조니 같은 학생 말이다. 이 젖은 나무 냄새가 나는 탈의실 옆에다 우리는 가을만 되면 낙엽들로 가득 찬 손수레를 비워 내곤 했다. 페드로 선생은 우리에게 걸핏하면 조니 이야기를 들려주었기 때문에 내게는 그 이름이 같은 반 동료들만큼이나 친숙하게 느껴질 정도였다.

조니를 생각할 때마다 떠오르는 모습은 내가 그를 처음 보았던 제네랄 발푸리에 가에 있는 그의 할머니 집에 있는 그의 모습이었다. 할머니가 계시지 않을 때에도 가구들 위에 먼지라고는 조금도 없는 걸 보면 누군가가 열심히 청소를 하고 있는 모양이었다.

또 마루는 너무나 반들반들 윤이 났기 때문에 소심해진 조니는 발끝으로 조심조심 걷곤 했다.

오후가 거의 끝나갈 무렵이면 햇빛은 양탄자 한가운데에 노란 모래색의 사각형을 그려 놓곤 했다. 햇빛은 아무의 손도 닿지 않은 아파트의 가구들을 싸고 있는 껍질인 것처럼 서가와 얇은 천으로 된 벽을 온통 광채로 물들였다. 소파에 앉아 조니는 발을 뻗어 햇빛이 양탄자 위에 만들어 내는 무늬 한복판에 오른발 구두가 놓여지게끔 하곤 했다. 그가 꼼짝도 않고 앉아서 햇빛이 자기의 검은색 구두에 반사되는 것만을 응시하고 있노라면 오래지 않아 그 구두는 조니의 몸과는 아무런 관계도 없는 것 같은 느낌이 들곤 했다. 그 구두는 빛의 사각형 한복판에 영원히 버려진 것이었다.

밤이 조금씩 깔려 왔다. 전기는 끊어져 있었기 때문에 어둠이 점차로 그 아파트에 서리면서 그는 점점 더 무거워지는 고통을 맛보곤 하는 것이었다. 왜 그는 혼자 파리에 남아 있었을까? 왜? 어쩌면 그것은 위험으로부터 도망쳐 기차에 올라탈 때의 무기력과 마비 같은 것 때문이 아니었을까?

어쨌든 그해 여름 파리는 날씨가 좋았고 조니는 스물두 살이 되었다. 그의 진짜 이름은 쿠르트였지만 오래전부터 아이들은 그가 좋아하던 아주 스포티한 영화배우 조니 바이스뮐러와 그가 닮았다는 이유로 그를 조니라고 불러 왔다. 조니는 특히 스키에 매우 뛰어났다. 그는 할머니와 함께 오스트리아에서 살 때 산 안톤에서 스키 지도 선생과 합숙하며 여러 가지 기술을 익혔다.

그는 프로 스키 선수가 되고 싶어 했다. 또한 그는 사람들이 그더러 산악 영화에 출연해 줄 것을 제안해 왔을 때에는 바이스뮐러의 뒤를 잇고 있다고까지 생각했다. 영화 촬영이 끝나고 얼마 안 있어 그는 할머니와 함께 독일과 오스트리아 합병 때문에 오스트리아를 떠났다. 프랑스에 온 그는 발베르 학교에 입학하고 전쟁이 터질 때까지 그곳에 머물렀다.

이제 매일 저녁마다 여덟시 반이 되면 그는 텅 빈 할머니의 아파트를 나와 지하철을 타고 파시까지 갔다. 거기서 그는 조그만 계단을 거쳐 몬테카를로를 연상시키는 층계로 이루어진 파시 지역의 나지막한 건물에 이르렀다.

이 건물들 가운데 하나의 맨 위층에는 그보다 열다섯 살이나 연상인 아를레트 달뱅이라는 여인이 살고 있었다. 그는 금년 4월 델세르 가의 한 카페 테라스에서 그녀를 알게 되었던 것이다.

그녀는 어떤 공군 장교와 결혼했으나 전쟁이 터진 이후로 아무런 소식도 듣지 못하고 있다고 조니에게 자기의 형편을 설명해 주었다. 그녀는 남편이 시리아나 혹은 런던에 있을 것이라고 생각했다. 침대 머리맡의 조그만 테이블에는 진홍색 가죽으로 테를 두른 사진이 마치 그녀의 얘기를 증명하기라도 하듯 놓여져 있었다. 사진에는 조종사복 차림에 멋진 수염을 기른 사내가 있었다. 그러나 그 사진은 영화 속 사진인 것 같았다. 또 만일 그녀의 말이 사실이라면 왜 아를레트 달뱅이라는 그녀의 이름 하나만 아파트 문 위의 가죽 문패에 씌어져 있단 말인가?

그녀는 조니에게 자기 아파트 열쇠 하나를 맡겨 놓고 있었다.

저녁이 되어 그가 거실로 들어가면 그녀는 완전히 벌거벗은 몸에 얇은 실내복 하나만 걸친 채로 소파에 비스듬히 누워 있곤 했다.

그녀는 금발에 푸른색 눈을 가지고 있었다. 피부는 아주 매끈했고 열다섯 살이나 연상이었음에도 불구하고 조니와 또래로 보일 만큼 젊어 보였다.

그녀는 뭔가 꿈이나 안개에 서려 있는 듯했다. 그렇지만 그녀는 개성이 강한 사람이기도 했다.

그녀는 조니와 만나는 시간을 아홉시 경으로 정해 놓았다. 그녀는 낮 동안에는 무척 바빴으며 그래서 조니는 아침 일찍 그녀의 아파트를 나와야만 했다. 그는 과연 그녀가 무얼 하는 여잔지 알고 싶어 했지만 그녀는 그런 질문들을 교묘히 빠져나가곤 했다. 어느 날 저녁 조니는 그녀보다 약간 먼저 그녀의 집에 오게 되었다.

우연히 그는 서랍을 뒤적거리다가 거기서 피에르 샤롱 가에 있는 마을금고의 영수증을 발견했다. 이렇게 해서 그는 그녀가 반지, 귀고리, 브로치 등을 저당잡혔다는 것을 알게 되었다. 그리고 처음으로 그는 이 아파트에서 그의 할머니의 아파트에서 나는 것과 같은 미세한 파멸의 냄새를 맡을 수 있었다.

그 냄새는 가구들, 침대, 축음기, 텅 빈 선반, 그리고 진홍색 가죽 테가 둘려진 그 비행사라는 자의 사진에서 스며 나오는 아편기 섞인 냄새였을까?

조니 역시 형편은 무척 어려웠다. 그는 1940년 5월, 할머니와 함께 생나자르에 다녀온 후 2년 간 한 번도 파리를 벗어난 적이 없었다. 할머니는 조니에게 같이 가자고 설득하다 지친 나머지 마지막 미국행 배를 타고 떠나 버렸다. 그들의 비자는 여전히 유효했던 것이다.

조니는 할머니에게 자기는 프랑스에 머물러 있는 편이 더 좋으며 아무런 위험도 없다고 말했다. 배에 오르기 전까지 조니와 할머니는 부두 가까이에 있는 조그만 광장의 벤치에 둘이 같이 앉아 있었다.

파리에서 그는 발베르 학교에서 사귀었던 친구들을 다시 찾아보려고 애썼다. 아무 소용도 없었다. 그러자 그는 영화사 스튜디오 근처를 어슬렁거리며 단역으로라도 출연하기 위해 알아보았지만 그러기 위해서는 직업 비자가 필요했다.

사람들은 그가 유태인이라는 이유로 거절했다. 그처럼 외국에서 온 유태인에게는 도저히 어쩔 도리도 없이 완강하게 거절했다.

그는 혹시 체조 선생이 필요하지 않을까 하고 레이싱 클럽에도 가 보았지만 헛수고였다. 그는 어쩌면 그가 스키 강사를 할수 있을지도 모를 스키장에서 겨울을 나기로 마음먹기도 했다. 그러나 어떻게 스키 강사 자리가 비어 있는 스키장을 찾는단 말인가?

그는 우연히 조그만 광고를 읽게 되었다. 모레통 모자 선전을 위한 모델을 찾는 광고였다. 그는 채용되었다.

그 스튜디오는 델세르 가에 자리잡고 있었다. 조니가 아를레트 달뱅과 만난 것은 이 작업장에서 나오는 길에서였다. 사람들은 번번이 다른 색깔과 다른 디자인의 모레통 모자를 그에게 씌우고는 정면에서 혹은 옆에서 혹은 비스듬한 각도에서 사진을 찍어 댔다. 모자를 쓰면 용모의 결점들이 더 두드러지기 때문에 그런 일을 하려면 용모가 조금의 빈틈도 없어야 했다.

오똑한 코와 잘 가다듬어진 턱, 단정한 눈썹의 선 등을 반드시 가지고 있어야 했는데 이 모든 까다로운 조건에 조니의 용모는 딱 맞아떨어지는것이었다. 작업은 한 달을 끌었고 그다음 그는 언제 끝날지 모를 휴가를 얻게 되었다.

그는 제네랄 발푸리에 가 있는, 할머니와 같이 살던 아파트의 가구들을 하나씩 팔기 시작했다. 그는 우울하고도 불안한 세월을 보냈다. 이 도시에서 사람들은 아무런 좋은 일도 할 수가 없었다. 그들은 볼모였던 것이다. 어쨌든 그는 할머니와 함께 미국으로 떠났어야만 했다.

처음에는 좋은 정신 상태를 유지하기 위해 그는 습관대로 스포츠 훈련에 열중했다. 매일 아침 그는 델리나 쥬엥빌 수영장엘 가곤 했다. 거기서 한 시간 동안 그는 자유형이나 접영을 하곤 했다.

그러나 오래지 않아 그는 일광욕을 하거나 수중 자전거로 마르느 강을 건너다니는 이 무표정한 남녀들 사이에서 혼자만이 고립된 느낌을 갖게 되어 수영장에 가는 것을 그만두었다.

그는 기가 푹 죽어 제네랄 발푸리에 가의 아파트에만 죽치고 있다가 여덟시가 되면 아를레트 달뱅을 만나러 가곤 했다.

왜 그는 어떤 저녁에는 가끔 출발하는 시간을 지체하곤 했던 것일까? 그는 기꺼이 텅 빈 아파트에 덧문까지 내린 채 혼자서 처박혀 있을 수 있었다. 옛날에는 그의 데면데면하고 과묵한 태도에 대해 할머니가 가벼운 주의를 주곤 했다.

할머니는 그가 '처세' 할 줄 모르고 자기 자신을 가꿀 줄 모른다는 것이었다. 실제로 그는 비나 눈이 오는데도 외투를 걸치지 않고 돌아다니기 일쑤였다. 할머니는 항상 '깔끔하게' 하고 다니라고 입버릇처럼 말하곤 했다. 그러나 이제 그런 습관을 고치기에는 너무 늦었다. 어떤 날은 그는 발푸리에 가를 떠날 기력조차 없는 날도 있었다. 그런 다음 날 저녁이면 그는 면도도 하지 않고 덥수룩한 얼굴로 아를레트 달뱅의 집에 나타났다. 그녀는 무척 걱정했노라 말하며 그처럼 잘생기고 멋진 청년은 자기 스스로에게 소홀해서는 안 된다고 충고해 주었다.

기온은 무척 더웠고 또 밤인데도 너무 밝아 그들은 창문을 열어 둔 채로 있었다. 그들은 소파의 벨벳 쿠션을 조그만 테라스 가운데에 펼쳐 놓고는 밤늦게까지 그 위에서 뒹굴며 보냈다.

이웃해 있는 건물 맨 위층의 이쪽과 똑같이 생긴 테라스 위에서는 몇몇 사람의 웃음소리가 들려 왔다.

조니는 계속 겨울 스포츠에 관한 생각에만 몰두해 있었다. 아를레트는 산에 대해서는 거의 아는 바가 없었다.

그녀는 단 한 번 세스티에르에 다녀왔을 뿐이라지만 그곳에 대해서는 좋은 추억을 간직하고 있었다. '왜 같이 그리 돌아가지 않는 걸까? 조니는 조니대로 스위스를 생각했다.

어느 날 저녁, 꽤 따뜻한 날 조니는 파시에서 하차하던 습관을 어기고 트로카데로에서 내렸다. 그는 걸어서 정원들과 파시 제방을 지나 아를레트의 집으로 갈 참이었다.

지하철 역 계단 위에 올라왔을 때 그는 한 무리의 순경들이 보도에 늘어서서 지나가는 사람들을 검문하고 있는 것을 보았다.

경찰들은 사람들에게 신분증 제시를 요구했다. 그는 아무것도 지니지 않고 있었다. 그는 조금 떨어진 곳에 세워져 있는 호송차까지 떠밀려 갔다. 호송차에는 벌써 열댓 명 정도의 그림자가 어른거렸다.

그것은 벌써 몇 달 전부터 시행되던, 정기 검문의 하나였다. 동부 전선으로 파견될 청년들을 징집하는 검문이었던 것이다.

10
크리스티앙과 어머니

보름마다 한 번씩 저녁 강의 시간이 되면 우리를 가르치는 교사들 중 하나가 우리의 성적을 공개 발표하곤 했다. 교사 회의에서 페드로가 그것을 시행하기로 결정했던 것이다. A는 매우 우수한 학업성적이었고 B는 보통이었다. C 등급은 성적이 형편없는 학생들에게 매겨지는 성적이었는데 C 등급을 받게 되면 외출 금지 조치가 뒤따르게 마련이었다.

토요일 아침 우리는 본관 뒤에 모였다. 본관 뒤의 잘 가다듬어지지 않은 잔디밭에는 레바논 삼나무 한 그루가 자라고 있었다. 페드로 선생은 C 등급의 학생들을 하나씩 호명했고, 이 운 없는 학생들은 한 명 한 명 차례로 나와 잔디밭 옆에 열지어 섰다. C

등급의 학생들은 토요일과 일요일 동안 정원 가꾸기 작업을 하거나 진입로를 따라 발걸음을 맞추어 행군하며 보내곤 했다.

A와 B를 받은 학생들은 자기네 부모가 오기를 기다렸다. 그러나 우리들 중 대부분은 아침 아홉시 반부터 본관 앞 광장에서 대기하고 있는 두 대의 '쇼쏭' 버스에 탔다. 모두들 자리를 잡고 앉으면 두 대의 차는 움직이기 시작해 서로 앞뒤에 서서 진입로를 따라 내려갔다. 문을 나서면 곧 국도로 접어들었다. 그러면 학생들은 나이가 많건 적건 할 것 없이 모두 군가의 후렴부를 합창하곤 했다.

내 같은 반 친구인 크리스티앙 포르티에와 나는 이 노래를 거의 따라 부르지 않았다. 그것이 우리 둘을 통하게 만들었던 모양이다. 우리는 차에 타면 언제나 서로 옆에 붙어 앉곤 했다. 몇 달 동안 우리는 토요일과 일요일 외출 때면 단짝이 되어 서로 떨어지지 않았다.

크리스티앙의 엄마는 포르트 드 생 클루의 버스 정류장까지 우리를 데리러 왔다. 포르티에의 엄마—그녀의 이름은 클로드 포르티에였다—가 입술에 담배를 물고 지붕 접이식 르노 차의 운전대 앞에 앉아 우리를 기다리는 모습은 내 기억 속에 아직도 선명히 남아 있다.

그녀는 '로열' 담배를 피웠다. 아주 우아한 동작으로 그녀는 핸드백에서 빨간 담뱃갑을 꺼내곤 했다. 그녀가 핸드백을 열면 향수 냄새가 풍겨 나왔다. 그리고는 로얄 담배 냄새가 퍼졌다.

프랑스제 황색 연초의 그 약간 매캐하고 가슴 울렁거리게 하는 냄새가……. 그녀는 키가 자그마하고 엷은 밤색의 아주 깨끗한 머리카락에 회색 눈을 가지고 있었다. 그녀는 눈동자나 좁은 이마, 짧은 코 탓에 인상이 고양이를 연상시키기도 했다. 그녀는 영화배우 이베트 르동을 많이 닮았다.

뿐만 아니라 크리스티앙은 나와 처음 사귈 때 자기가 이베트 르동의 아들이라고 말했고, 또 나는 그런가 보다 하고 있었기 때문에 내가 처음으로 그 엄마를 만났을 때 그 애는 아주 정중한 몸짓으로 그녀를 가리키며 내게 말했다.

"이베트 르동을 소개합니다."

단순한 장난기였을 수도 있었지만 크리스티앙으로서는 자기 엄마를 돋보이게 하는 방법이기도 했다. 그녀는 아주 일찍부터 크리스티앙이 이베트 르동이 과연 누구인가를 알기도 전부터 그의 아들에게 자기가 이베트 르동과 많이 닮았다는 것을 얘기했을 것이다.

어쩌면 '이베트 르동을 소개합니다' 라는 말도 그녀가 직접 가르쳐 준 것일지도 몰랐다. 그리고 크리스티앙은 아무런 뜻도 모르는 채 재미있어 하는 포르티에 부인의 친구들 앞에서 자기가 배운 말을 복습하곤 했으리라.

그렇다. 나는 크리스티앙이 어린애치고는 조숙해 보이는 커다란 머리와 굵직한 목소리로 그의 엄마 곁에서 시종 노릇을 하는 장면을 충분히 상상할 수 있었다.

토요일마다 우리는 버스를 타고 발베르 학교에서 파리까지 가서 대개 정오경이면 포르트 드 생 클루에 도착하곤 했다. 포르티에 부인은 크리스티앙과 나를 근처의 식당으로 데리고 갔다. 구리 난간이 세워진 긴 복도를 지나면 약간 나지막하게 홀이 있는 식당이었다. 우리는 복도 한 편의 테이블에 자리를 잡았다. 포르티에 부인과 크리스티앙은 나란히 옆에 앉고 나는 그들과 마주 보고 앉았다.

포르티에 부인은 식사를 아주 조금밖에 하지 않았다. 그녀는 삶은 계란과 팡플무스만 주문했다. 크리스티앙이 엄한 시선으로 그녀를 보며 말했다.

"클로드, 좀더 먹어야지……."

그렇다. 그는 자기 엄마의 이름을 거침없이 불렀다. 무엇보다도 내가 놀란 것은 이 열다섯 살밖에 안 되는 어린애가 엄마를 점잖게 나무라고 있다는 것이었다.

"클로드, 벌써 다섯 개피째 담배로군. 이제 담뱃갑을 내게 주지 않겠어?"

크리스티앙은 엄마의 입에서 담배를 빼앗아 가지고는 꺼 버렸다. 로열 담뱃갑을 그에게 맡긴 채 포르티에 부인은 몸을 숙여 고개를 기울이고는 미소를 지었다.

"클로드, 내가 보기에는 좀 야윈 것 같은데…… 그건 현명하지 못하지."

그녀는 눈을 말똥말똥 뜨고 있더니 문득 둘이서 짝자꿍을 하던 어린애들처럼 일제히 웃음을 터뜨렸다. 그들은 내 앞에서 한바탕 쇼를 해 보인 것이었다.

두 주일에 한 번씩 포르티에 부인은 포르트 드 생 클루에 우리를 맞으러 오지 않았다. 그럴 때면 그 전날 발베르 학교로 전보를 쳐서 우리에게 그것을 알려 주었다. 이유는 간단했다. 전날 밤을 포커로 지새워 아침에 기운을 차릴 수가 없었기 때문이었다. 이런 토요일이면 우리는 으레 오후 세시경에 아침 식사를 들고 들어가 그녀를 깨우곤 했다.

'포르티에 씨'는 한 번도 화제에 오르지 않았고 그래서 나는 크리스티앙이 아버지가 있는지 궁금했다. 마침내 어느 일요일 저녁 우리가 학교로 돌아왔을 때, 그는 같은 방 친구들을 깨우지 않기 위해 아주 작은 목소리로 모든 것을 내게 들려 주었다. 우리는 창턱에 등을 기대고 앉아서 얘기를 했다. 창 아래 넓게 퍼져 나간 잔디밭이 달빛을 받아 창백한 푸른 빛을 발하고 있었다. 그의 엄마는 한 번도 결혼한 적이 없고 그래서 아직도 포르티에라는 처녀 때 이름을 그대로 쓰고 있다는 것이었다. 크리스티앙은 사생아였다. 그럼 그의 아버지는? 그는 그리스 인이었는데 파리가 독일군에 의해 점령당했을 때 그의 엄마와 만났다고 한다. 그는 지금 브라질에 살고 있으며 크리스티앙은 이제껏 고작 두세 번밖에 그를 보지 못했다는 것이었다.

나는 이 의문의 그리스 인에 대해 좀더 알고 싶었지만 포르티에 부인에게 직접 물어볼 엄두는 나지 않았다.

오후가 되면 클로드는 크리스티앙을 데리고 백화점 구경을 다니곤 했다.

나도 그들과 동행하곤 했다. 어느 토요일 저녁 우리는 포르티에 부인이 자기 아들의 열다섯 번째 생일 선물로 마련해 준 플란넬 양복을 찾으려고 함께 집을 나섰다.

그때는 이미 11월인가 12월로 접어들었기 때문에 벌써 어둑어둑했다.

포르티에 부인은 우리를 데리고 꼴리제 가의 한 낡아빠진 건물을 가로질러 갔다. 그녀는 그곳을 잘 알고 있는 모양이었다. 우리는 아주 널따란 방에 이르렀다.

방 안은 긴 테이블 위에 사무용 전등이 밝혀져 있었고 실꾸러미들이 널려 있었고 벽난로가 있었고 거울 달린 옷장이 있었으며 가죽 소파가 놓여져 있었다. 한 예순 살쯤 되어 보이는 볼이 포동포동하고 얼굴 가득히 웃음을 띤 재단사가 포르티에 부인의 손에 입을 맞추며 우리를 맞아 주었다. 그건 단순히 친숙함을 표시하는 행위였다.

크리스티앙은 처음으로 싱글 양복을 입게 되어 무척 기쁜 듯했다. 재단사는 거울 옷장 위에 달린 전등에 불을 켜고는 가운데 거울 옆에 달린 두 개의 옆면 거울을 활짝 열었다. 플란넬 신사복을 입은 채, 앞쪽과 옆쪽 거울에 비춰진 내 친구의 모습이 아주 의젓해 보였다. 그는 너무 환한 전등 빛에 눈이 시려 자꾸 눈을 깜박거렸다.

"맘에 듭니까, 젊은 신사 양반?"

재단사는 그의 주위를 돌며 어깨를 눌러 보기도 하고 바지 솔기를 찬찬히 검사해 보기도 했다.

"그리고 부인께서도 댁 아드님의 첫 번째 양복이 맘에 드시나요?"

"아주 좋아요."

포르티에 부인이 말했다.

"조끼가 없으니 더……."

"왜 그토록 조끼를 싫어하시는지 언젠가 그 이유를 설명해 주시겠습니까?"

"그건 저도 잘 몰라요. 하지만 조끼를 입고 구레나룻을 기르고 다니는 남자들을 보면 우스꽝스럽거든요."

그녀는 내 손을 잡으며 말했다.

"네가 가령 나 같은 여자의 환심을 사고 싶다면 내 한 가지 충고를 해 주지. 즉 절대로 조끼를 입지 말 것이며 구레나룻도 기르지 말 것……."

"엄마 말 듣지 마."

크리스티앙이 내게 말했다.

"엄마는 가끔 엉뚱한 생각을 하거든."

재단사는 뒤로 물러나서 크리스티앙의 옷을 찬찬히 훑어보고 있었다.

"이 젊은 신사의 체격은 제 아버지의 사이즈와 거의 똑같군요. 전 애 아버지의 오래된 카드를 다시 찾아냈답니다."

포르티에 부인이 양미간을 가볍게 찌푸렸다.

"엘스톤 씨는 참 기억력도 좋으셔라."

크리스티앙이 양복을 입은 채로 앞으로 다가갔다.

"제게 그 카드를 주실 수 있는지요. 제 아버지의 기념품으로 간직하게 말예요."

그러나 그의 이 말은 그다지 미덥지 않았다. 크리스티앙은 마치 줄타는 사람과도 같은 조심스런 동작으로 강의실이 있는 방

건너편 끝으로 갔다. 아마 그는 침이 발에 찔릴까 싶어 조심하는 모양이었다.

포르티에 부인은 소파에 앉아 담배를 피워 물었다.

재단사가 말했다.

"나는 당신이 저 애 아버지와 함께 어느 날 저녁 양복을 찾으러 왔던 걸 똑똑히 기억하고 있어요. 그날 밤에는 폭격이 있었지요. 그렇지만 우리는 방공호로 내려가지 않았어요……."

"제게는 모든 게 다 잊혀진 일들이에요."

포르티에 부인이 말했다. 그녀의 담배 끝에서 재가 땅으로 떨어졌다.

"저는 우리가 알게 된 게 언제부터인가를 알아보려고 이 오래된 서류더미를 뒤져 봤지요."

포르티에 부인이 어깨를 으쓱거렸다. 크리스티앙이 돌아와 다시 우리와 합치게 되었다.

"무슨 얘기들을 하고 계세요?"

그가 물었다.

"지난 일들 얘기야."

포르티에 부인이 대답했다.

"옷이 마음에 드니?"

"고마워요, 엄마."

그는 몸을 굽혀 자기 엄마의 이마에 입을 맞추었다.

"오늘 저녁부터 그걸 입으렴."

포르티에 부인이 말했다.

"그럴게요, 엄마."

그리고는 우리 앞에서 그는 다시 옷을 갈아입었다. 골이 패인 코듀로이 바지와 스웨터를 벗고는 플란넬 양복을 입었다.

포르티에 부인은 아들의 팔짱을 끼고는 방을 빠져 나갔다. 재단사와 나는 그들 뒤를 따라갔다.

"안녕히 가세요, 부인……. 그리고 이 옷 때문에 저를 생각해 주셔서 거듭 감사합니다."

그의 시선은 내 친구가 입고 있는 플란넬 양복에서 떠날 줄 몰랐다. 그 양복은 계단의 노란색 빛을 받아 침침한 빛을 발하고 있었다.

포르티에 부인은 그에게 손을 내밀었다.

"엘스톤 씨, 제가 늙어 보여요?"

"늙어요? 원 천만의 말씀. 당신은 조금도 늙지 않았어요."

크리스티앙은 민망한 듯 고개를 숙였다.

"정말요? 그렇지만 이제는 이 애가 양복을 입을 나이가 되었는데도요? 전 더 이상 속지는 않을 거예요."

"어쨌건 아무도 이 큰 애가 당신의 아들이라고는 생각지도 못할 거예요. 당신은 조금도 늙지 않았어요, 부인."

그는 마지막 말을 한 음절씩 끊어 가며 아주 분명히 말했다. 자동 전기 스위치가 꺼졌다. 엘스톤이 다시 불을 켰다. 그는 우리가 계단을 내려갈 때까지 난간에 기대서서 눈으로 우리를 전송해 주었다.

*

이렇게 내 친구가 플란넬 양복을 입게 되자 나는 내 옷차림이 약간 부끄러워졌다. 나는 금단추가 달린 낡은 모직 저고리에 껑충하게 짧은 바지를 입고 있었던 것이다. 그 짧은 바지 때문에 나는 열다섯의 나이에 비해 아직도 어려 보였다. 크리스티앙의 엄마는 내게 실크 넥타이 하나를 선물했다. 나는 외출 때마다 그 넥타이를 매곤 했는데 어쨌든 그 덕에 나는 약간의 자신감을 가질 수 있었다.

여름날 저녁이 되면 그녀는 우리를 센 강가에 데리고 가서 식사를 하곤 했다. 뤼에이으였던가? 아니면 샤투? 부지발? 나는 여러 번에 걸쳐 그 식당을 찾으려 해 보았지만 결국 성공하지는 못했다.

파리 근교는 너무 많이 변해 버린 것이다. 아래쪽 나지막한 곳에는 조그만 방들로 둘러싸인 넓은 화단이 있었고, 두 개의 다이빙대와 미끄럼틀 한 대가 있었다. 부교에는 수상 자전거들이 열을 지어 매어져 있었다. 규칙적이고도 시끄러운, 물 떨어지는 소리가 들려오곤 했다. 아마도 마를리의 수차 소리였을 것이다.

테라스에는 자갈이 깔려 있었다. 거룻배들이 강 양안의 버드나무 사이로 오가고 있었고 나는 그중 한 척의 뱃머리에서 빛나는 푸른 불빛을 눈으로 쫓고 있었다. 우리가 테라스에서 저녁 식사를 마치면 회색 머리의 몸집이 큰 사내가 우리 테이블에 와 앉곤 했다.

식당 주인인 그는 장드롱이라는 사내였다. 그도 역시 스포츠 셔츠를 입고 있었지만 내것보다는 훨씬 좋은 것이었다. 또 그는 선원들이 입는 스웨터도 걸치고 있었다. 포르티에 부인 곁에 앉은 그는 그녀보다 한 열 살쯤은 나이가 많은 듯했다. 그는 언제나 크리스티앙과 내게 미제 담배를 주곤 했으며 포르티에 부인을 '클로드'라고 불렀다.

그들이 나누는 이야기 토막토막은 그 저녁의 미지근한 공기나 부교에 수상 자전거가 부딪치는 소리, 센 강의 물 냄새와 섞여 들었다. 장드롱은 전쟁 전에는 차고를 관리했는데 거기는 파농이라는 남자도 일하고 있었다. 그의 이름은 자주 그들의 화제에 오르곤 했다. 포르티에 부인이 '에디' 라고 부르는 걸 보면 그녀의 친구인 모양이었다.

도대체 이 에디 파뇽이라는 사람과 무슨 일이 있었길래 그들은 그에 대해 얘기할 때는 그토록 목소리를 죽여 가며 했던 것일까? 모든 얘기는 크리스티앙이 태어나기 전까지 거슬러 올라간다.

장드롱은 크리스티앙의 아버지인 그 그리스 인을 알고 있었던 걸까? 크리스티앙은 그들의 대화를 듣지 않았다. 그는 환하게 불 밝혀진 밤 속으로 빨려 들어가 부교까지 가더니 수상 자전거에 올라 탔다. 그러나 나는 여전히 테이블에 장드롱과 클로드와 함께 앉아 있었다. 나는 무언가 알아내고 싶었던 것이다.

자정이 거의 되어갈 무렵 우리는 달빛이 다이빙대와 미끄럼틀의 그림자로 갈라놓고 있는 화단을 건넜다. 그 순간 우리는 앙티브 갑빼 어딘가에 있는 것만 같았다. 우리는 바텐더와 함께 탁구 시합을 벌이고 있는 크리스티앙을 찾으러 갔다.

장드롱은 자동차까지 우리를 배웅해 주었다. 그는 크리스티앙의 뒷덜미를 쓰다듬어 주며 말했다.

"어때, 공부 잘 하지?"

이 육중한 체격의 사내 곁에 선 크리스티앙은 플란넬 양복 차림을 하고 있었지만 아주 어린애 같았다.

"이제 사회에 나와선 뭘 할 생각이지?"

수줍어진 크리스티앙은 아무 대답도 하지 않았다.

"내가 제안을 하나 할까? 변호사가 어때?"

그가 나를 향해 물었다.

"너는 변호사가 아주 좋을 거라고 생각하지 않니?"

그리고는 우리 둘의 윗도리 호주머니에 미제 담배 두 갑씩을 넣어 주었다.

"당신은 어떻게 생각하오, 클로드? 변호사 아들을 갖는다는 걸 말이오."

"좋지요, 왜 안 좋겠어요."

우리는 지붕 접이식 차에 올랐다. 크리스티앙은 아직 운전면허를 가질 수 있는 나이가 아니었는데도 운전석에 앉아 운전대를 잡았다. 포르티에 부인이 그 곁에 앉고 나는 뒷자리에 앉았다.

"애를 운전을 시켜선 안 돼요, 클로드."

"알아요."

그녀는 어쩔 수 없다는 듯 머리를 설레설레 흔들었다.

크리스티앙은 차에 시동을 걸었다. 차는 서부 고속도로로 접어들었다. 밤공기는 따스했고 고속도로는 한산했다. 그는 라디오를 켰다.

내가 문에 몸을 기대자 바람이 얼굴에 따갑게 부딪쳐 왔다.

나는 어지러움과 함께 행복감을 맛보았다.

크리스티앙은 생 클루 터널 바로 못미쳐서 운전대를 클로드에게 넘겨 주었다.

*

포르티에 부인은 폴 두메 가와 라투르 가가 서로 만나는 곳에 위치한 아파트에 살고 있었다. 그 아파트에 들어가려면 거울로 둘러싸인 현관을 통해야 했다. 나는 거실을 제외하고는 그녀의 아파트를 자세히 기억하지 못한다. 그 거실은 반은 살롱이고 반은 식당이었는데 회색 우단이 드리워진 침실과는 잘 가다듬어진 철창으로 나뉘어져 있었다. 포커를 한 다음 날이면 우리는 그 침실로 포르티에 부인의 아침을 날라다 주곤 했다.

그들이 처음으로 나를 자기네 아파트로 데리고 간 첫 토요일 오후, 우리는 살롱에서 오렌지 주스를 마셨다. 크리스티앙은 깜짝 놀랄 만한 일이나 짓궂은 장난을 마련해 놓고 그것을 보여줄 적당한 순간을 기다리기라도 하는 듯 매우 들떠 있었다.

포르티에 부인은 잠자코 웃고만 있었다. 나는 침묵을 깨기 위해 아무 말이나 꺼냈다.

"아파트가 아주 좋은데요."

"꽤 이쁘지."

크리스티앙이 말을 받았다. 그리고는 자기 엄마 쪽으로 몸을 돌렸다.

"얘기해 줄까, 엄마?"

"그래, 얘기해 주렴."

"좋아, 얘기해 주지."

그는 얼굴을 내 얼굴 가까이 기울이면서 말을 했다.

"난 인제 더 이상 엄마 아파트에서 살지 않을 거야."

포르티에 부인은 담배에 불을 붙였다. 로열 담배의 밋밋한 냄새가 그녀의 향수 냄새에 섞여 들었다.

"작년에 엄마랑 나는 드디어 합의를 봤어."

그는 잠깐 말을 끊었다. 포르티에 부인이 살롱 저편으로 걸어가더니 전화 수화기를 집어 들었다.

"우리는 서로 방해하지 않기로 결정했어……. 그래서 엄마는 이 건물 일층에다 내 방 하나를 빌려 놨지."

나는 크리스티앙의 말을 듣고 있었다. 그러나 나는 포르티에 부인이 전화에 대고 하는 말도 또한 듣고 싶었다.

"너는 이게 아주 좋은 해결책이라고 생각지 않니?"

크리스티앙이 내게 물었다.

"이렇게 해서 우리는 각자의 생활을 갖게 된 거야."

도대체 누구에게 저 여자는 거의 속삭이듯한 낮은 목소리로 얘기할 수 있는 걸까? 그녀는 수화기를 제자리에 올려 놓았다.

"엄마, 우리 이제 갈게요."

크리스티앙이 말했다.

"애한테 내 방을 보여 주려고요. 오늘 저녁 때 다시 만날까요?"

"저녁 때 시간이 있을지 아직 잘 모르겠구나."

포르티에 부인이 말했다.

"여섯 시경에 전화를 해 보렴."

"엄마는 내 방에 전화도 놔 줬어."

크리스티앙이 아주 기쁜 표정을 지으며 말했다.

문 위에는 '크리스티앙 포르티에' 라는 이름의 명패가 붙어 있었다. 배의 선실만 한 크기의 방은 위아래가 긴 창을 통해 폴 두메 가를 향하고 있었다.

크리스티앙의 침대는 스코틀랜드제 격자무늬 담요로 덮여 있었다. 같은 무늬의 천으로 된 안락의자가 벽에 기대어 놓여져 있었다. 긴 선반 위에는 모형 비행기와 지구본이 놓여 있었다. 반대쪽 벽에는 이베트 르봉의 사진이 걸려 있었다. 아니면 포르티에 부인의 사진이었을까? 크리스티앙이 내 눈치를 알아챘다.

"지금 저게 클로드일까, 이베트일까를 궁금해 하고 있는 거지?"

그는 학생에게 막 문제를 내고 난 선생처럼 팔짱을 꼈다.

"저건 우리 엄마야, 이 친구야."

그는 침대 옆 테이블에 장치된 상아빛 라디오를 내게 보여 주며 으쓱해했다.

이어 그는 목욕탕을 구경시켜 주었다. 좁은 목욕탕은 온통 감청색 타일로 되어 있었고 욕조는 나막신 모양으로 생긴 것이었다.

"라디오를 켜도 괜찮겠지?"

그가 내게 물었다.

그는 라디오 스위치를 올렸다. 스피커에서는 '재즈 팬을 위하여'라는 소리가 들려 왔다. 느리고도 맑은 트럼펫 멜로디가 연주되고 있었다. 그 소리는 황혼녘에 쓸쓸한 해변 위를 나는 물새의 풀 꺾인 울음소리 같았다.

"듣고 있니? 소니 베르만의 연주야."

우리는 침대가에 나란히 앉았다. 크리스티앙은 찬장에서 위스키 한 병을 꺼내서는 자기 잔에 반을 채웠다. 우리는 음악을 들으며 번갈아 한 모금씩 마셨다. 가로등 불에 비춰 벽에 어른거리는 행인들의 그림자가 우리를 스치고 지나갔다.

*

토요일 저녁 우리는 종종 둘이서만 포르티에 부인이 자기 아들에게 준 50프랑을 가지고 알보니 광장의 텅 빈 식당에서 저녁을 먹곤 했다.

"나는 다 금전출납부에 적어 두고 있어. 내가 스물한 살이 되면 몽땅 갚을 거야."

크리스티앙이 말했다.

그리고는 지하철을 타고 10시부터 상영하는 영화를 보기 위해 오퇴이으로 가곤 했다. 크리스티앙은 그 극장 지배인이 엄마의 친구라고 내게 설명해 주었다. 크리스티앙이 매표구 앞에 나타나면 매표원은 이내 공짜표 두 장을 건네주곤 했다.

우리는 샤르동 라가슈 가와 라 퐁텐느 가를 걸어서 돌아오곤 했다. 나는 더블 코트 차림이었고 크리스티앙은 플란넬 양복 위에 낙타털로 된 코트를 걸치고 있었다. 이런 차림을 한 그는 한 열 살은 더 먹어 보였지만 그것만으로는 아직 그에게 충분치 못했다. 그는 비늘 모양의 안경을 사서는 우리가 그의 엄마와 함께 외출할 때마다 쓰곤 했다. 할 수만 있다면 그는 수염도 기르고 머리카락도 회색으로 물들이려고 했을 것이다.

아파트 건물의 연한 녹색으로 된 입구에 이르자 그가 나지막하게 말했다.

"엄마한테 잠깐 인사나 하러 갈까?"

엘리베이터에서 내리자 그는 문 앞까지 발끝으로 살살 걸어갔다. 우리는 문 앞에 꼼짝도 않고 서 있었다. 자동 전기스위치가 꺼졌지만 우리는 어느 누구도 그걸 다시 켜야 할 필요를 느끼지 못했다. 목소리들과 함께 웃는 소리가 나지막하게 새어 나왔다. 초대된 사람은 몇 명이나 되는 걸까? 이따금 나는 포르티에 부인의 음성을 알아들을 수 있었다. 그러나 그 목소리는 한낮에 들던 것과는 다른 아주 쉰 목소리였고 웃음소리 역시 평소보다 훨씬 고르지 못했다.

잠시 후 크리스티앙은 내 팔을 잡고 어둠 속으로 끌고 갔다.

다시금 우리는 건물 입구의 홀에 있게 되었다. 사방의 벽돌은 지나치게 밝게 빛을 받아 번쩍이고 있었다.

"지하철 역까지 데려다줄게."

트로카데로 광장은 아주 가까웠다. 종종 우리는 좀더 같이 있기 위해서 광장을 한 바퀴 돌아서는 클레베르 가를 따라 브와시에르 정류장까지 오는 적도 있었다.

"엄마는 아직 파티를 하는 중이야."

크리스티앙이 말했다.

"어쩌면 포커 게임을 하는 중이야."

그는 일부러 쾌활한 어조를 꾸몄다.

"내일 아침이면 틀림없이 파김치가 되고 말 거야."

우리가 헤어지는 순간 나는 그의 경련하는 얼굴과 슬픈 눈빛을 보았다. 두메 가의 자기 방에 돌아가야 한다는 생각은 그를 결코 즐겁게 해 줄 수 없었다. 또한 주연을 벌이고 있는 '클로드'에 대한 생각도 마찬가지였다. 아마도 그 순간 그는 내게 뭔가를 털어놓고자 했을 터이지만 이내 마음을 굳게 먹었던 것이리라. 내가 미처 계단을 내려가기 전에 그는 손을 흔들어 내 눈을 끌고는 손가락을 관자놀이에 붙여 군대식 경례를 해 보였다.

오랜 세월이 지난 후에야 나는 이 성숙한 사내의 내면에는 엄마 뱃속으로 다시 들어가고 싶어하는 마음과 다시 어려지고 싶어하는 욕망이 숨어 있었음을 깨닫게 되었다. 비늘 모양의 안경과 플란넬 양복, 그리고 낙타털 코트의 뒤에는 불안에 떠는 한 어린애가 있을 따름이었던 것이다.

*

지긋한 나이임에도 아직 날씬하거나 또는 자신의 몸가짐 하나하나에 신경을 써서 그렇게 보이고 싶어 하는 그런 유형의 사람들을 나는 포르티에 부인을 통해 몇 명을 보게 되었다. 그녀는 가끔 그런 타입의 사람들 중 하나와 더불어 학교로 우릴 찾아오곤 했다.

동행하는 사람들은 매번 달랐다. 그녀는 언제나 우리가 저녁 강의 시간에 앞서 잔디밭에서 휴식을 취하고 있는 사이를 틈타서 오곤 했다.

그녀는 은색 머리칼에 짙은 눈썹을 지닌 '바일러' 씨라는 사내를 우리에게 소개했다. 그는 크리스티앙의 학업에 관한 몇 가지를 많은 관심을 갖고 물어보았다. 그에게서는 사이프러스 삼나무 향기가 풍겨왔다. 그는 가늘고 긴 손가락으로 장갑을 툭툭 튕겨 때리곤 했다. 그들이 돌아간 뒤 크리스티앙은 이 바일러라는 사내는 그의 엄마가 얼마 전부터 알게 된 보석세공업자라고 털어놓았다. 다른 사내는 금발에 더부룩한 수염을 기른 사내였는데 걸음걸이가 아주 경쾌했고 꽤나 멋을 부렸으며 우렁찬 목소리로 속어를 섞어 가며 말하곤 했다. 포르티에 부인이 바일러 씨와 올 때는 자기 차를 타고 왔지만 이 '제비족' 같은 사내와 올 때는 항상 그 사내의 비크 승용차를 타고 왔다.

세 번째 사내의 대강의 모습을 그려 보면, 그의 인상은 좀 간사스러워 보였고 검은색 레인코트를 입고 있었다. 크리스티앙과 나는 그에게 '족제비'라는 별명을 붙여 주었다. 언젠가 우리 둘이 포르티에 부인의 아파트에 있었던 오후에 크리스티앙은 이 세 사내 중 한 사람에게서—어쩌면 네 번째 사내였을지도 모른다—걸려온 전화에 비서 같은 완벽한 솜씨로 대답해 주는 것을 들을 수 있었다. '포르티에 부인은 지금 안 계신데 제가 메모를 전해 드리지요……. 포르티에 부인은 저녁 일곱 시 전에는 돌아오지 않으실 겁니다……. 네, 좋습니다……. 그렇게 전하죠…….'

지금도 나는 여전히 그녀가 발베르 학교에 찾아왔던 이유를 알지 못한다. 어쩌면 그것은 자기 아들이 세느 에 우와즈의 유명한 학교의 학생이라는 것을 과시함으로써 그들에게 신뢰감을 주기 위한 것이 아니었을까? 그렇다면 크리스티앙의 독방은? 그것 역시 마담 포리티에 아닌 마드모아젤 포르티에가 자기 친구들을 토요일 저녁마다 맞아들이기 위해 필요했던 것이리라.

*

어느 토요일 저녁 나는 그녀의 아파트 벨을 눌렀다. 크리스티앙은 수학에서 빵점을 받았기 때문에 외출이 허락되지 않았고, 그래서 그는 엄마에게 보내는 편지와 함께 빨래할 속옷들이 들어 있는 흰 가죽 가방을 내게 맡겼던 것이다.

그녀가 문을 열었다. 그녀의 다리는 맨살 그대로였고 몸에는 흰 면으로 된 가운 하나만을 걸치고 있었다. 나를 보자 그녀는 꽤나 당황해했다.

"안녕……. 웬일이니?"

그녀는 반쯤 열린 문틈에 그대로 머물러 있었다. 내가 들어가는 것을 막기라도 하려는 듯이…….

"누구야, 클로드?"

살롱에서 한 사내의 목소리가 들려 왔다.

"별일 아녜요……. 아들의 친구예요."

그러고는 한순간 머뭇거리더니 말했다.

"들어와."

그 사내는 장애물을 만난 마부의 자세처럼 상반신을 잔뜩 앞으로 구부린 채로 가죽 쿠션 위에 앉아 있었다. 그가 고개를 쳐들고는 내게 웃어 보였다. 그 사내는 바일러 씨도 아니었고 '제비족'도 아니었고 '족제비'도 아니었다. 한 쉰 살쯤 되어 보이는 갈색 머리의 사내였는데 얼굴은 약간 불그스레 했고 눈이 꽤 맑아 보였다.

포르티에 부인은 편지를 뜯었다. 나는 흰 가죽 가방을 줄곧 손에 들고 있었다.

"앉지."

그 사내가 내게 말했다.

그녀는 편지를 읽어 내려가다가 풋 하고 웃음을 터뜨렸다.

"글쎄, 제 아들애가 저더러 너무 늦게 자지 말고 담배도 덜 피우고 포커도 하지 말라고 충고를 했군요⋯⋯."

"걔 말이 맞아요, 당신 아들 말이."

그가 나를 향해 물었다.

"차 한 잔 들 텐가?"

그는 나지막한 테이블 위에 쟁반에 받쳐진 두 개의 찻잔과 차 주전자를 가리켰다.

"아뇨, 고맙습니다."

"자네는 이 아줌마 아들의 친군가?"

"네."

"지금 걔는 뭘 하지?"

"학교에 있어요. 외출이 금지됐거든요."

포르티에 부인은 편지를 가운 주머니에 집어넣었다. 그녀는 소파 팔걸이에 걸터앉아서는 다리를 꼬았다. 가운 한 쪽이 흘러내렸다. 그녀의 넓적다리가 드러나 보였다. 흰 가운과 소파의 붉은색 벨벳 사이의 그 뽀오얀 피부는 내 시선을 사로잡았다.

"불쌍하기도 해라⋯⋯."

그녀가 말했다.

"거기서 혼자 얼마나 지겨울까⋯⋯. 당신도 그랬어요, 뤼도? 당신도 어렸을 적에 외출을 금지당하곤 했어요?"

뤼도는 어깨를 움찔거렸다.

"난 학교를 다닌 적이 없는걸……. 엄마는 한 녀석을 끌고 와서는 형과 나에게 읽기를 가르치게 했지……. 또 체육 선생도 불러 왔었지……."

나는 포르티에 부인의 윤기 없는 긴 허벅다리에서 눈을 뗄 수가 없었다.

"우리가 당신 아들을 보러 가면?"

그가 말했다.

"그럼 걔도 기분 전환이 되지 않을까?"

포르티에 부인이 그를 학교에 데려온 적이 있었던가? 바일러 씨나, 제비족이나 족제비처럼?

"지금은 너무 늦었어요."

포르티에 부인이 대꾸했다.

"게다가 춤기도 하고……."

나는 크리스티앙을 생각했다. 오후 내내 그 '정원 가꾸기' 작업을 하고 나면 저녁 식사 시간이 되겠지. 그는 그와 마찬가지로 외출이 금지된 20여 명의 다른 동료들과 함께 학생 식당 한 구석에서 밥을 먹겠지. 그들은 서로 아무런 이야기도 할 수 없겠지. 그리고는 줄을 지어 조용히 침실로 올라가리라.

그가 일어서더니 내게 담배 쌈지를 내밀었다.

"담배 피우나?"

"아니오."

"크리스티앙더러 내가 화요일에 보러 가겠다고 말해 주렴."

포르티에 부인이 말했다.

"나도 동행하지, 클로드."

분명 그것은 하나의 절차였다. 크리스티앙은 그의 천성적인 꼼꼼함으로 그가 발베르 학교의 기숙사에 들어온 이후로 자기 엄마가 학교로 데리고 오는 사내들의 리스트를 작성해 놓고 있었다.

포르티에 부인은 문득 내 시선에 놀라 밑으로 늘어진 가운 자락을 무릎 위로 끌어 올렸다.

"이번 주말은 크리스티앙이 없어서 심심하겠구나.그녀가 말을 걸어 왔다.

"네."

"괜찮다면 여기 우리랑 같이 있어도 좋아."

뤼도가 말했다.

그는 팔꿈치로 벽난로의 대리석에 기대고 서 있었다. 나는 그의 멋진 자세에 감탄했다. 이 멋진 느낌은 잘 재단된 그의 옷차림에서 오는 것이기도 했지만 그보다는 팔과 다리를 꼬고는 몸을 비스듬히 기대고 있는 여유만만한 태도에서 우러나오는 것이기도 했다.

"잘 모르지만 내 동생을 불러 넷이서 브릿지라도 하지 뭐……."

"바보 같은 소리 말아요, 뤼도. 이 애는 아직 브릿지를 할 줄 몰라요."

그녀는 문까지 나를 배웅해 주었다. 그녀에게서 떠나려는 순간 그녀의 얼굴이 내 얼굴에 가까이 있었고 또 향수 냄새가 너무 매혹적이어서 나는 그녀에게 입을 맞추고 싶을 지경이었다. 왜 나는 그녀에게 키스를 하면 안 된단 말인가?

"저이는 정말 굉장히 친절해. 크리스티앙도 아주 좋아하지. 뤼도가 이제 크리스티앙에게 비행기 조종술을 가르쳐 줄 거야. 재미있으면 너도 배우렴……. 저래뵈도 전쟁 때는 격추왕이었거든."

포르티에 부인이 미소를 지으며 말했다. 뤼도는 살롱의 전축에 판을 올려 놓고 있었다.

"잘 가거라. 그리고 잊지 말고 내가 화요일날 보러 간다더라고 크리스티앙에게 말해 주렴."

계단을 내려오면서 비로소 나는 내가 여전히 내 친구의 더러운 내의들이 들어 있는 흰 가죽 가방을 들고 있다는 것을 알아차렸다.

잠시 정신을 딴 데 팔았던 때문이었을까, 아니면 다시 한 번

포르티에 부인의 아파트에 들를 수 있는 핑곗거리를 만들기 위한 것이었을까?

*

밤이 되었다. 나는 가방을 지닌 채 그녀의 아파트 맞은편에 있는 셀프 서비스 식당으로 들어갔다. 손님이라고는 나 혼자뿐이었다. 나는 진열대에서 파이 한 조각과 요구르트를 집어 들고는 유리창 가까이에 있는 둥근 테이블에 앉았다.

30분이 지난 후 나는 뤼도가 건물에서 나오는 것을 보았다. 이제 포르티에 부인에게 가방을 준다는 핑계로 그녀의 아파트에 갈 차례가 내게 온 것이다. 그 다음엔…… 그러나 다시 인도로 나서자 나는 잠시 망설였다. 그리고는 마치 자동 인형처럼 뤼도를 뒤쫓기 시작했다.

그는 나보다 약 20m 가량 앞에서 걸어가고 있었다. 그는 쉐퍼가 모퉁이에 세워 놓은 커다란 밤색 차문을 열고는 외투를 꺼내더니 입지는 않고 어깨에 걸치고는 쉐퍼 가를 따라 걸어갔다.

지나치는 길에 나는 그의 차 유리에 판이 붙어 있는 것을 발견했다. 두 개의 휴지 박스와 한 더미의 미슐랭 지도들 사이에 균형있게 세워진 그 판에는 '전쟁 상이용사'라고 씌어져 있었다. 그 판을 보자 문득 내게는 벽난로 위에 팔꿈치로 비스듬히 기대고 섰던 그의 여유있고도 멋진 자세가 떠올랐다.

이제 감청 외투를 소매 없는 망토처럼 걸친 그는 델세르 가로 접어들었다. 그는 길 양쪽으로 건물의 중간 부분에 닿아 있는 묘하게 생긴 계단에 시선을 던졌다. 그는 약간 다리를 절었다. 상이군인. 포르티에 부인은 격추왕이라고 했었지. 나는 이 사내와 아무런 볼 일도 없었다? 그런데 왜 나는 그를 뒤따라온 것일까?

클로드에 관해 그에게 몇 가지 물어보고 싶었던 것이었으리라. 왜냐하면 우리는 서로가 공유하는 무엇이 있었으니까. 우리는 둘 다 로열 담배 냄새에 섞인 야한 향수 냄새와 면 가운 속의 윤기 없는 허벅다리를 알고 있었던 것이다.

그는 트로카데르 정원이 시작되는 길 아래에 멈춰 섰다. 나도 섰다. 나는 가방을 자갈 바닥에 내려놓았다. 그는 담배를 피웠다. 그는 꽁초를 손가락으로 튕겨 버리고는 별똥별처럼 떨어지는 담뱃불의 자취를 쫓기라도 하듯이 고개를 들었다.

그 겨울밤에 우리 둘은 트로카데로의 밋밋한 언덕 중턱까지 와서 파리의 불빛과 센 강과 이에나 다리의 말 조각을 바라보고 있었다. 유람선이 지나가면서 거기서 발하는 불빛이 강둑 앞면과 정원을 그윽이 비추며 지나갔다.

　발베르 학교를 떠난 후 나는 다시는 크리스티앙과 포르티에 부인을 만나 보지 못했다.

　20년이 지난 후, 나는 니스에서 겨울을 지내고 싶어하는 아버지의 오랜 친구를 위해 호텔이나 값싼 민박을 찾고 있었다. 계절은 벌써 11월이었고 밤은 어두워져 있었다. 입구 정면의 문패마다 꽃 이름들을 지니고 있는 크림색 건물들 몇 개를 지나쳐 세익스피어 가 끝에 쇠창살에 매놓은 게시판이 보였다. '샤또 뇌프 별장. 가구 완비. 냉장고가 비치된 부엌. 욕실. 정원. 햇빛 잘 듦. 기름 난방.'

　자갈이 깔린 샛길을 따라 들어가노라니 또 하나의 창살 문이 나왔다. 창살 문은 열려 있었다. 정원은 현관 층계 위의 노란 등에 의해 희미하게 밝혀져 있었다. 침침한 어둠 속에서도 잔디밭과 토끼장, 그리고 날개를 푸드덕거리는 소리가 들릴 것 같은 새장들이 눈에 띄었다.

　나는 현관 층계를 올라왔다. 유리문의 건너편으로는 거실이 있었는데 벽에는 벽지가 발라져 있었다. 가구들은 모두 시골풍이었다. 레이스로 짠 식탁보가 덮인 테이블도 하나 있었다. 그리고 불빛이 너무 누렇고 희미해서 전압이 약한 것이 아닌가 하는 생각이 들기도 했다. 테이블에는 한 부인이 팔짱을 끼고 텔레비전을 향해 앉아 있었다.

나는 유리에다 대고 노크를 했지만 그녀는 듣지 못했다. 나는 유리문을 밀었다. 그녀가 돌아보았다.

포르티에 부인이었다. 그녀가 몸을 일으키더니 내게로 왔다. 지나치는 길에 그녀는 텔레비전을 껐다.

"안녕하세요?"

"안녕하세요. 아직도 셋방이 비어 있나요?"

"그럼요."

나는 이내 그녀를 알아보았다. 인상은 거의 예전 그대로였지만 좀 퉁퉁해졌고 머리카락은 옛날에 비해 훨씬 짧았다. 힘든 발음을 할 때에는 입이 약간 떨렸다. 눈은 여전히 내 가슴을 뛰게 하던 잿빛 아니면 아주 연한 푸른색 광채를 띠고 있었다.

"오래 머무르실 건가요?"

"네, 약 두 달쯤."

"그러면 목욕탕과 부엌이 딸린 방을 구경시켜 드리죠."

우리는 집을 돌아봤다. 그녀는 앞장서서 리노륨이 깔린 층계를 올라갔다. 통로를 밝히는 것이라고는 벽에 붙은 전등 하나가 고작이었다. 문이 나왔다.

"들어오세요.그녀가 방의 불을 켰다. 나무로 된 전등걸이는 배의 방향타를 연상시켰다.

바닥에는 계단에 깔려 있던 것과 같은 리노륨이 깔려 있었다. 벽은 석류색이 주조를 이룬 벽지로 발라져 있었고 구리로 장식이 된 침대가 하나 놓여 있었다.

"이쪽이 취사대예요."

작은 방에는 구식 모델의 조리대와 응웅거리는 자그마한 냉장고가 비치되어 있었다.

"욕실을 보시겠어요?"

우리는 다시 복도를 따라갔다. 그녀가 문을 열었다. 거기에는 받침이 하얀 에나멜로 칠해진 욕조가 놓여 있었다.

"화장실은 바로 앞에 있어요."

"방을 다시 한 번 볼 수 있을까요?"

내가 물었다.

"그럼요."

커튼은 아주 볼품없는 것이었다. 커튼 색깔 역시 벽지와 마찬가지로 석류색 꽃무늬가 주조를 이루고 있었다. 커튼에서는 오래 닫혀 있던 방 특유의 곰팡내가 풍겨 왔다.

"창문은 길 쪽으로 나 있어요?"

내가 물었다.

"아니오. 정원 쪽을 향해 있어요."

그리고는 그녀는 무심한 태도로 커튼을 걷어 젖혔다.

"값은 얼마나 되나요."

"한 달에 천이백 프랑이에요."

갑자기 그녀는 훨씬 더 늙어 보였다. 아마 화장을 하지 않은 탓이었으리라.

나는 그녀에게 다가갔다.

"혹시 포르티에 부인이 아니신가요?"

"왜요? 날 아세요?"

그녀는 내가 마치 권총을 들이대고 위협이라도 하는 것처럼 눈을 휘둥그레 떴다.

"날 아세요?"

"네, 아주 오래 전부터요. 전 크리스티앙의 친구였죠."

"아…… 크리스티앙의 친구…… 그러니까 당신이 크리스티앙의 친구였단 말이죠?"

그녀는 약간 마음이 놓이는 듯 말을 되풀이했다.

"우리는 같이 발베르 학교엘 다녔죠. 당신이 폴 두메 가에 살고 계시던 무렵에……."

"폴 두메 가라구요……."

그녀는 뚫어져라 하고 나를 응시했다.

"난 당신을 못 알아보겠군요. 이름이 뭐죠?"

"파트리크…… 그렇지…… 그렇지. 이제 기억이 나요."

그녀는 나를 보며 웃었다. 그리고는 침대에 걸터앉았다.

"난 이제 포르티에 부인이 아니라우. 산다는 게 이렇게 복잡하구먼……."

참으로 기이한 인연이었다. 어느 날 저녁 니스의 한 호텔방에 포르티에 부인과 함께 있게 되리라고는 상상조차 못했던 일이었다.

"나는 이제는 결혼한 여자예요. 나보다 스무 살이나 많은 영감쟁이하고……."

그녀는 침대에 덮인 이불 솔기를 가지런히 하고 있었다.

"그 동안 난 쓴맛 단맛 다 봤지……."

"그런데 크리스티앙은요?"

내가 그녀에게 물었다.

"걔는 지금 캐나다에 살고 있다오. 걔 소식을 들은 것도 벌써 오래전 일이었구먼……. 아마 걔는 다시는 날 보고 싶어하지 않을 거야."

"왜요?"

그녀는 어깨를 으쓱거렸다.

"그 애는 나에 대해 많은 걸 원망하고 있을 거야. 결국 나는 자식을 갖지 말았어야 했던 건데……. 지금 나하고 사는 영감쟁이는 내게 아들이 있다는 사실조차도 모르고 있지."

"그런데 당신은 왜 결혼을 하셨죠?"

그녀에게 이런 질문을 한 것은 매우 경솔한 짓이었다. 그러나 그 방에서 포르티에 부인은 내게 모든 것을 다 이야기해 줄 것 같은 느낌이 들었다.

"내게 돈이 한푼도 없었기 때문이지, 이해할 수 있겠나?"

그녀의 푸른빛 도는 회색 눈이 미소로 반짝거렸다.

"남편이란 작자는 아주 늙어빠지고 귀찮기 짝이 없는 사람인데 자칫하면 백 살까지도 살게 생겼어. 나는 그의 가정부 노릇을 해주고 있는 거지. 이해할 수 있겠어? 내가 그런 일을 하리라고 상상할 수 있었겠어?"

나는 무슨 대답을 해줘야 좋을지 알 수가 없었다.

"그건 그렇고, 방을 빌리려구?"

"제가 쓰려는 게 아니라 제 아버지 친구분 때문이에요."

"자넨 무슨 일을 하고 있나?"

그녀가 느닷없이 내게 물었다.

"저, 별것 아녜요. 탐정소설 나부랭이나 쓰고 있죠."

"자네가 글을 쓴다는 건 아주 당연한 일이야……. 자네는 몽상가였지, 안 그런가?"

그녀가 일어섰다.

"나에 얽힌 소설을 한 번 써 보게나……. 내 인생은 슬프게 끝나는 한 편의 소설이니까 말이지……."

그녀는 아주 담담하게 웃음을 터뜨렸다. 폴 두메 가에 살던 시절 내가 그리도 좋아했던 그 웃음을…….

"방은 다 구경했나? 참 볼품없지, 그렇지? 이 집안에 있는 모든 게 다 음울해……. 남편이란 자는 아무런 취미도 없고……, 뿐만 아니라 아주 개 같은 성질을 갖고 있지. 늙은이들이 다 그렇긴 하지만……."

그녀는 나를 방 바깥으로 끌어냈다. 그리고는 내 팔을 잡고 계단을 내려왔다.

"내 피난처를 구경해 볼래. 거긴 남편이란 자가 나를 성가시게 굴지 않는 유일한 곳이야."

정원 가장자리에는 관리인이나 수위가 살고 있음직한 네모나고 조그만 집 한 채가 서 있었다. 그녀가 문을 열었다.

"그 영감쟁이는 열쇠가 없어……. 가끔 나는 여기 처박혀 있곤 하지."

잔등 하나, 제정 당시 스타일의 침대가 하나, 마구 포개어 쌓아진 가구들. 거울들, 촛대들, 가방들, 출애굽기 그림이 그려진 서간용 책상, 벽 위에는 핀으로 꽂혀진 사진들, 이런 것들이 이 방에 있는 전부였다.

"이렇게 해서 난 간신히 파멸로부터 구원되곤 하지…… 이 것들은 모두 폴 두메 가에 있었던 것들이야……"

한 사진 속의 그녀는 여전히 금발에 아주 맑은 눈을 지니고 레이스를 두른 공단 옷차림의 젊은 여인이었다. 사진 속의 그녀는 소파의 팔걸이에 기댄 자세로 오른쪽 발을 반대편 팔걸이까지 쭉 뻗은 포즈를 취하고 있었다. 왼쪽 다리는 꺾어 세워져 있었고 굽 높은 검은색 무도화가 신겨져 있었다.

"이때 나는 열여덟 살이었지…… 모나코 해수욕장 사장이 나를 열렬히 사랑했어…… 그는 나를 피에르 왕자에게까지 소개시켜 주었지……."

조금 작은 사진에는 그녀가 다른 기수 한 사람과 함께 말을 타고 있는 모습이 담겨 있었다.

"그건 아니에르의 친구인 파농과 같이 찍은 거야. 그는 독일인들에게 부역했지. 크리스티앙의 아버지와 내가 붙잡혔을 때 우리를 풀어 준 게 바로 그 사람이었어……."

그녀는 바닥에 떨어져 있는 베개를 줍고는 붉은색 침대 덮개를 꾸깃꾸깃한 시트 위로 잡아당겼다.

"독일군들이 우리를 담배가게로 끌고 들어갔었어…… 나는 크리스티앙의 아버지가 뭘 암거래했을까 궁금했어…… 난 하마터면 그들한테 이빨이 몽땅 부서질 뻔했지."

그녀는 침대 탁자 위에 가로놓여 있던 널빤지를 쳐들었다.

"날 좀 도와주겠어? 이걸 저 구석에 놓도록."

나는 그 널빤지를 벽에 기대어 세워 놓았다.

"저게 이 방에서 제일 거추장스런 거야……. 난 참 많은 추억들을 간직하고 있어……. 그것들이 만일 자네 탐정소설을 위해 흥미가 있다면……."

"굉장히 흥미가 끌리는데요."

내가 대답했다.

"그렇다면 언제 한가한 날 오후에 와서 이 안을 뒤져 볼 수 있도록 해야겠군……."

우리는 마당을 가로질러 왔다. 그녀는 몸에 딱 맞는 짧은 파카를 입고 있었다. 그 색은 검은 바지 색깔과 두드러진 대조를 이루고 있었다. 그녀는 어둠 속에 싸인 새장을 가리켰다.

"나는 새를 한 스무 마리쯤 키우고 있지……. 그게 내 주된 일이야."

"너무 힘들지 않으세요?"

"아니, 그보다 더 힘든 일이 얼마나 많은데……."

다시 그녀는 내 팔을 잡았고 우리는 자갈이 깔린 골목을 따라 걸었다. 그녀의 걸음걸이는 발베르 학교에서 보았던 때와 마찬가지로 가볍고 유연했다.

"젊었을 적에 난 승마사도 했었지."

"승마사도요?"

"자네가 방을 빌리게 되면 종종 만날 수 있게 되겠군."

"그렇게 되겠지요."

우리는 철대문에 이르렀다. 그녀는 내게 얼굴을 내밀었다.

"내가 많이 늙어 보이니?"

"아니오."

그 대답은 정말이었다. 길에 켜진 가로등 불빛 아래에서 그녀의 모습은 다시 매끈해 보였던 것이다. 어쨌거나 그녀의 걸음걸이와 웃음만큼은 조금도 달라진 것이 없었다.

"난 이제 영감쟁이에게 수프를 끓여 줘야 해……. 그 자는 일주일 전부터 내게는 한 마디도 말을 하지 않고 있지……. 나를 따돌리는 게지……. 어쨌건 우린 같이 이야기할 수가 없어. 그는 귀머거리거든……. 아홉시만 되면 벌써 자고……."

"제가 저녁 식사에 초대해도 괜찮을까요?"

그녀는 고개를 설레설레 저었다.

"좋겠지, 그렇지만 우선 자네가 나에게 연락을 취할 수 있는 전화번호와 주소를 줘야 할 것 같구면……. 그 늙은이는 항상 날 감시하고 있거든……. 이해할 수 있겠나? 내 편지까지 뜯어 본다니까……."

그녀는 파카 주머니를 뒤지더니 명함 한 장을 꺼내서 내게 건네 주었다.

"이건 내가 다니는 미장원이야……. 크리스티앙도 언제나 이 주소로 편지를 하지."

"우리 셋이 다시 모이지 못한 게 섭섭하군요."

내가 그녀에게 말했다.

그녀는 손을 내 어깨에 얹었다.

"내가 보기에 자네는 참 재미있는 공상가 같군……."

나는 보도 위를 걸어 되돌아왔다. 그녀는 철책문 뒤에서 이마를 창살에 기댄 채로 나를 지켜보고 있었다. 그녀가 미소를 지어 보였다.

"잊지 말게. 파스토렐리 가에 있는 콩데 미장원이야."

11

북부역의 사냥꾼

저녁 아홉시, 나는 북부역의 한 대합실 앞을 지나고 있었다.

이 수족관 같은 대합실 유리창에 이마를 기댄 채 초조하고 기운 없는 눈동자를 한 얼굴이 있었다. 그게 바로 너, 샤렐이었다. 내가 유리창을 두드렸다. 그도 역시 나를 알아보았다. 20년이 지났음에도 우리는 거의 달라진 게 없었다. 특히 샤렐은 더 그랬다. 그는 몸을 일으켜서는 눈을 껌벅거리며 나를 멍하니 쳐다보았다. 마치 내가 그를 꿈에서 거칠게 빼내기라도 한 듯이.

우아한 은발의 그의 용모는, 그곳까지 와서 좌초해 버린 몇 안 되는 사람들—그러니까 레인코트 차림에 지나치게 화장을 한 늙은 여자의 어깨에 머리를 기대고 잠든 거지나, 새것처럼 번쩍거리는 영국 황태자 풍의 양복이 발목과 끈 매지 않은 농구화를 덮고 있는 핏기 없이 핼쑥한 아랍인 같은 사람들—과 두드러지게 대조되어 있었다. 갈색 널빤지로 둘려져 있고, 조명은 침침하기 그지없는 대합실 안에는 오줌 냄새가 진동하고 있었다.

"여기서 너를 다시 보게 되다니, 이건 참 기막힌데……."

내가 샤렐에게 말했다. 그에게서는 마치 수상한 혐의를 받아 현장에서 붙잡힌 사람들이 애써 의혹을 지우려는 것처럼 태연해 보이려고 애쓰는 것이 눈에 띄었다.

"우리가 여기 머물러 있을 필요는 없겠지."

그는 내 팔을 잡아 끌고는 좌우를 살피며 나를 데리고 나갔다. 그의 시선은 조금 전 유리창에 기대어 있을 때의 바로 그 불안한 시선 그대로였다. 뭘 불안해하는 걸까? 누구와 만나는 것을 내게 보이는 게 불안한 걸까?

역 건물 좌측 출구를 나서서 우리는 넓고 막다른 길로 접어들었다. 어둠 속에서 꼼짝 않고 서서 소곤거리는 사람들의 어렴풋한 형체들이 보였다. 우리는 하마터면 여행 가방들 틈에 끼여서 보도 위에 누워 있는 사람들 위로 넘어질 뻔했다. 열려져 있는 철책문에는 가죽 점퍼 차림에 이마에는 검은 머리띠를 둘러 눈을 가리고 있는 아주 나이 어린 계집애들이 기대 서 있었다. 여기서도 여전히 오줌 냄새가 역하게 풍겨 왔다.

우리는 덩게르크 가를 건넜다. 그 시간에도 역 앞에는 차량들이 매우 붐비고 있었고 카페들은 모두 불이 밝혀져 있었다.

"자네 이 동네에 사나?"

내가 샤렐에게 물었다.

"꼭 그렇지는 않아. 내 차차 얘기해 주지."

콩피에뉴 가의 한구석에서 그는 다른 카페들보다 사람도 적고 더 음침한 커다란 카페의 유리창에 이마를 대고 안을 둘러보았다. 그는 누군가를 찾고 있는 듯했다. 그러나 밝은 녹색의 불빛으로 가득 찬 실내에는 사람이라고는 없었다. 다시 그는 내 팔을 잡아끌었다. 우리는 마장타 가를 향해 걸었다.

"여긴 내 방이 하나 있지…… 나와 내 마누라에 대해선 차차 얘기하도록 하지."

우리는 뱃머리 형상을 한 지저분한 베이지색 건물 밑에 닿았다. 꽤 높은 그 집은 전쟁 직전에 지어진 건물인 것 같았다. 입구에는 불투명한 유리로 된 문이 있고 왼쪽에는 극장이었다. 극장에서는 서너 편의 영화가 상영되고 있었는데 그중 한 영화의 제목은 〈따스한 엉덩이〉였다.

우리가 막 건물 안으로 들어가려는 순간 열댓 명 정도의 사람들이 극장에서 몰려 나왔다. 하나같이 우중충하고 몸집에 비해 큰 옷들을 걸치고 마구 엉클어진 머리에는 시커먼 수건을 두르고 있었다.

그들은 나를 마구 떠밀며 지나갔다. 심지어 편자가 박힌 묵직한 구두를 신은 사내는 내 발을 밟고 지나가기도 했다. 그들은 열을 지어 태평스레 길을 걸어갔다. 아마 그들은 루베로 가는 마지막 기차를 타기 전에 슈크루트나 생선 요리를 먹기 위해 술집을 찾아가고 있는 것이리라.

"재미있는 동네구나."

내가 샤렐에게 말했다. 엘리베이터는 천천히 위로 오르며 각 층마다 벽에 창살 그림자를 어리게 했다.

아파트 문의 바깥쪽은 잔뜩 녹이 슨 철문으로 되어 있었다. 샤렐은 나보다 한 발 앞서 들어갔다. 우리는 붉은색 벨벳이 드리워진 현관으로 들어섰다.

샹들리에의 수정 장식이 아주 강한 빛을 내뿜고 있었다. 바닥에는 벨벳과 같은 붉은색 양탄자가 깔려 있었다.

"이리로 오게나."

그 방의 벽에는 아무런 장식도 없었다. 마룻바닥은 전등빛을 받아 번쩍거렸다. 가구라고는 가죽 소파 하나가 전부였다. 가죽 소파 위에는 한 스무 살쯤 되어 보이는 흑인 여자 하나가 스카치 무늬의 이불을 덮고 자고 있었다. 두 개의 창문 중 하나는 활짝 열려져 있었다. 그 창문은 건물과 건물 사이의 좁은 공간을 향해 나 있었다.

"앉게나…… 걱정 말고……. 얘는 일단 잠들었다 하면 아무리 떠들어도 모른다네."

그는 창문을 닫았다. 우리는 소파 끝에 걸터앉았다. 그녀는 고개를 약간 뒤로 젖히고 목을 길게 뺀 포즈로 잠들어 있었다. 마룻바닥 위에는 털이 길고 복슬복슬한 우람하게 큰 개 한 마리가 역시 잠들어 있었다.

"어때 예쁘지? 그렇게 생각 안 하나?"

샤렐이 잠들어 있는 여자를 가리키며 말을 걸어 왔다.

"어느 날 저녁 모뵈즈 가에서 주웠지……."

사실 그녀의 표정은 아주 어린애처럼 부드러웠고 목은 가냘펐다.

"내가 이 방을 빌린 이유 중의 하나는 여자들을 뇌이이에 있는 내 아파트로 데려가기보다는 이리 데려오는 게 더 좋기 때문이지."

샤렐이 깊은 생각에 잠긴 듯한 자세로 앉아서 말했다.

"어떤 여자들은 내 마누라의 옷들을 집어 가기도 했거든……."

나는 그가 모든 것을 차근차근히 설명해 주기를 기다렸다. 잠든 처녀가 몸을 뒤척이며 알아듣지 못할 잠꼬대를 지껄였다. 그녀의 목덜미는 참으로 예뻤다.

"또 이 아파트를 갖고 있는 게 여러 모로 편리하지. 왜냐하면 사업상 나는 북쪽으로 자주 여행을 하거든……. 내 차차 얘기해 주지……."

그러나 그는 아무것도 얘기해 주지 않을 것이다. 갑작스런 여인의 웃음소리가 우리의 침묵을 깨뜨렸다. 아주 날카로운 웃음소리였다. 그 웃음소리는 바로 옆방에서 들려왔다. 그리고는 남자의 음성도 들려왔다. 이어 그 웃음소리는 조금씩 조금씩 묘한 신음소리로 바뀌어 갔다.

누군가가 문에 몸을 부딪쳤다. 옆방에서 들리던 묘한 웃음소리가 뚝 끊겼다. 싸우는 소리, 뒤쫓는 소리 들이 어지럽게 들려왔다. 샤렐은 아랑곳하지 않고 담배에 불을 붙였다. 조금 후 신음 소리는 점점 더 헐떡거리는 소리로 변해갔다.

"북쪽 지방이라는 건 벨기에를 말하는 걸세."

샤렐이 단조로운 어조로 말했다.

"거기에는 내 동업자가 하나 있지. 우리 아버지가 벨기에 사람이라는 건 자네도 알지 않나. 하긴 나도 벨기에 국적이네만."

아마도 그는 내 주의를 흐트러 놓고자 했던 것이리라. 누워 있던 개가 몇 번 낑낑거렸다. 그 소리는 문 바깥에서 끊이지 않고 들려오는 투덜거림의 메아리같이 들렸다.

"그런데…… 자넨 정말 여기 사는 게 아닌가?"

내가 물었다.

"아니, 나와 마누라는 뇌이에 살고 있어. 페르므 가에서. 우리 부모님들이 사시는 데서 아주 가까운 곳이지. 자네도 기억하지, 그 페르므 가의 집 말일세?"

"그럼, 기억하고말고."

그는 갑자기 답답해진 듯했다.

"발베르 학교 시절하고는 많은 게 달라졌지. 안 그런가, 친구?"

"결혼한 지는 오래 됐나?"

"10년 됐지. 언제 자네도 보게 되겠지만 쉬잔느는 아주 매력적이라네."

나는 저 문 뒤에서 헐떡거리며 신음하는 여자가 혹시 쉬잔느가 아니냐고 감히 물어볼 엄두를 내지 못했다.

그 헐떡거리는 신음소리는 높아졌다가 이내 잦아들었다. 침묵이 흘렀다. 들려오는 것이라고는 우리 곁에 잠들어 있는 흑인 여자의 규칙적인 숨결과 개의 갸르렁거리는 소리뿐이었다. 그나마 그 소리조차 점점 뜸해져 갔다.

문이 열리더니 체크 무늬의 깨끗한 윗도리 차림의 한 사내가 나타났다.

그의 오른손에는 굉장히 큰 반지가 끼워져 있었다. 그는 금발에 키가 크고 체격이 좋은 사내였다. 그의 얼굴은 무성한 수염으로 덮여 있었다.

"내 소개하지. 내 친구 프랑수아 뒤벨츠일세."

샤렐이 내게 그를 소개시켰다.

"나는 자네가 있는 줄 몰랐네……."

그 사내가 말했다.

그는 시가에 불을 붙였다. 나는 적이 입장이 불편하여 그의 긴 손가락에 끼워진 반지만 바라보고 있었다.

그는 건물 사이로 난 창가로 다가가더니 유리창 앞에 우뚝 섰다. 검고 불투명한 유리에 전등불이 반사되고 있었다. 약간의 거리를 두고 선 그 사내에 대해 유리창은 거울 구실을 해주었다. 그는 느릿느릿한 동작으로 넥타이 매듭을 어루만졌다.

"알랭, 어떻게 할 건가? 여기 있을 텐가?"

"음, 난 여기 있겠네."

샤렐이 무뚝뚝한 목소리로 말했다.

"난 그럼 그럴 듯한 사냥감이 있는가 보러 이 동네를 한 바퀴 둘러보겠네."

도대체 무슨 사냥감일까? 이 북부역 근처에서 무슨 사냥을 할 수 있단 말인가?

"어때, 알랭. 자네에게 한 마리 물어다 줄까?"

그 사내가 현관문이 열린 틈 사이로 이쪽을 향해 웃어 보였다.

"아니, 오늘 저녁은 그만두겠네."

샤렐이 말했다.

그 사내는 여전히 빙글거리며 반지가 끼워진 오른손으로 간다는 표시를 해 보이고는 이내 사라져 버렸다. 건물 입구의 문이 달그락거리는 소리가 들려왔다.

"아주 묘한 녀석이지."

샤렐이 말했다.

"내 차차 얘기해 주지. 자네 커피 한 잔 들겠나?"

"아니, 괜찮네."

"아니, 아니, 한 잔 들게나. 커피 한 잔 들면 기분도 좀 풀릴 걸세. 잠깐만 기다리게. 우선 마누라 목욕부터 좀 하게 해 줘야겠군."

그는 옆방으로 들어갔다. 방문은 반쯤 열어 놓은 채로…… 흑인 여자가 왼쪽으로 돌아누우며 고개를 기울여 그녀의 뺨이 소파 가장자리에 가 닿았다. 곧이어 욕실에서 물소리가 들려왔다.

나는 몸을 일으켜 창가로 갔다. 술집 입구에는 비틀거리는 사람들 모습이 보였다. 휴가 나온 군인들인가? 또 다른 사람들은 손에 여행 가방을 든 채로 역 주위로 몰려드는 자동차와 택시 사이를 교묘하게 빠져 총총히 어디론가 사라져 갔다. 도대체 아까 그 사내가 말한 사냥감이란 어떤 종류의 것일까?

샤렐과 내가 역에서 나와 접어들었던 그 막다른 골목에는 여전히 나이 어린 계집애들이 철책에 몸을 기댄 자세로 보초를 서고 있었다. 밝은 색깔의 윗도리가 반점처럼 눈에 띄었다. 그 뒤 벨츠라는 사내인 것 같았다.

"알랭, 목욕물을 잠가 줄래요?"

옆방에서 여인의 목소리가 들려왔다.

샤렐의 부인일까? 그러나 샤렐은 듣지 못했는지 물소리는 계속 들려왔다. 나는 몰래 이곳을 빠져나가고 싶었지만 알랭에게 미안한 일인 것 같아 그만두었다.

나는 다시 소파에 걸터앉았다. 그 흑인 여자는 자면서도 몸을 뒤척거려서 맨살이 드러난 다리를 내 무릎에 올려놓았다. 그녀의 발목에는 커다란 동전이 달린 발찌가 둘러져 있었다. 개가 깨어나더니 굼뜬 걸음걸이로 내게 다가왔다.

*

"자네 페르므 가가 얼마나 변했는지 이제 똑똑히 알겠지? 우리 부모님 집은 이젠 자취도 없다네. 승마 연습장들도 없고. 여보, 당신 춥지 않아? 원한다면 살롱으로 들어가지."

그는 자기 윗도리를 벗어서는 자기 부인의 어깨 위에 살며시 덮어 주었다. 우리는 뇌이이의 페르므 가에 있는 샤렐의 아파트 발코니에서 저녁을 먹었다.

쉬잔느 샤렐은 푸른 눈을 가진 갈색머리의 여자였다. 그녀의 부드러운 용모와 광대뼈, 우아한 표정과 단아한 분위기가 나를 매혹시켰다. 알랭은 내게 그녀가 가끔 승마를 한다고 말해 주었다. 그 말에 나는 가슴이 두근거렸다. 나는 승마를 하는 여자 앞에서는 언제나 기가 죽곤 했다.

내가 한참 말에 대해서만 생각하고 있을 때 쉬잔느가 커피를 끓여 내왔다. 어둠이 내리고 있었다. 10월 초의 선선한 밤이…… 발베르 학교 시절, 토요일 오후가 되어 외출을 나가게 되면 알랭은 나를 자기 집으로 부르곤 했었다.

나는 뇌이이 다리 지하철 역에서 내려 롱샹 가를 거쳐 페르므 가에 이르곤 했다. 샤렐의 부모님들은 짧게 깎은 잔디밭으로 둘러싸인 트리아농 관 같은 별채에서 살고 계셨다. 알랭은 내게 승마술을 가르쳐 주기 위해 자기 부모님들께 나를 데려가곤 했다. 우리는 조련사의 아들과도 친구가 되었으며 그래서 그와 그의 아버지가 저녁을 먹으러 가기 전에 마지막으로 말을 돌봐주는 것을 거들어 주기도 했다. 일요일 아침이면 우리는 일찍부터 길을 따라 센 강까지 산책을 하기도 했다. 강둑과 뷔토 섬은 푸른 안개에 잠겨 있었다.

강둑을 따라서는 하얀 방책이 세워져 있었고, 푸른 나무들 밑으로 난 나선형 계단을 따라 내려가면 수부들의 숙소로 쓰이는 거룻배며 스쿠너 선, 화물선들이 정박된 곳에 이를 수 있었다.

"알랭과 아신 지는 오래됐나요?"

쉬잔느가 내게 물었다.

"거의 20년쯤 되는 것 같지. 안 그래, 파트리크?"

우리가 처음 서로 알게 된 것은 지독한 감기 때문에 들어가 누워 있던 양호실에서였다. 우리 방 창문은 비에브르 강 쪽으로 나 있었기 때문에 밤이면 우리는 졸졸거리는 물소리를 들을 수 있었다. 간호원 이름은 메그였다. 그녀는 오후에 한 번씩 우리를 돌아보곤 했다. 우리는 둘 다 그 간호원을 좋아했고 그래서 가능한 한 오랫동안 그 방에서 머물고 싶어했다. 메그는 인도차이나 전쟁에 참가했고 거기서 그녀는 쥬느비에브 보두아이에와 더불어 몇 안 되는 여자 공정대원이 되었다.

"자넨 아직도 영화 기재들을 다룰 줄 아나?"

샤렐이 내게 물었다.

다니엘 데조토가 퇴학을 당한 후에 장 슈미트 씨가 알랭을 영사반원으로 임명했던 일이 생각났다. 벌써 20년 전의 일이었다. 문득 그 당시의 일들이 허공 중에 떠다니는 것 같았다. 롱샹 가와 페르므 가는 아주 쓸쓸하고 적막했다. 길모퉁이에 있던 아가위 나무로 실내장식을 했던 술집 '로비' 자리에는 현대식 카페가 대신 들어서 있었다. 그러나 지금이라도 당장 멀어져 가는 나막신 소리와 나뭇잎 살랑거리는 소리가 들려올 것만 같았고 어둠 속에서는 외양간의 짚덤불 냄새가 풍겨 올 것만 같았다.

"20년 전에 알랭은 어땠나요?"

쉬잔느가 만면에 웃음을 지으면서 내게 물었다.

"머리카락이 아주 금발이었고 또 굉장히 말랐었지요. 그래서 다들 아라미스(역주: 알렉상드르 뒤마의 『삼총사』 주인공 중 한 명)라고 불렀지요."

"이 친구는 아토스였고."

샤렐이 끼어들며 말했다.

"굉장한 몽상가였지……."

그의 부모님들은 어찌 되었을까? 샤프란 꽃처럼 노란 머리와 수염을 기른 그의 아버지는 인도 군대의 장군 같아 보였었다. 그도 역시 자기네 잔디밭, 자기네 트리아농처럼 사라져 버린 걸까? 나는 선뜻 샤렐에게 물어볼 용기가 나지 않았다.

"자네 우리 아버지가 〈유쾌한 마나님〉 구경을 하러 코미디 프랑세즈에 우릴 데리고 갔던 때 생각이 나나?"

샤렐이 내게 물었다.

쉬잔느는 담뱃불을 붙여 물고는 나만을 또렷이 주시하고 있었다.

"승마를 하시나요?"

침묵을 깨뜨리기 위해 짐짓 내가 물었다.

"꽤 자주 하지요."

"쉬잔느는 이 동네에서 태어나 살았다네. 여기서 아주 가까운 생 잠므 가에서 어린 시절을 보냈지."

"어쩌면 20년 전에도 알 수 있을 뻔했군요."

쉬잔느가 말했다.

"그렇지만 당신네들은 날 거들떠보지도 않았을 거예요. 난 너무 어렸으니까……. 전 알랭보다 여섯 살 아래거든요."

"그 당시에 우리가 아마 길에서 쉬잔느와 마주쳤었을지도 모르겠군."

샤렐이 웃음을 터뜨렸다.

"만일 그때 셋이 알았더라면 뭘 하면서 놀았을까?"

"아마 나랑 돌차기놀이를 하자고 졸랐을 것 같은데요."

쉬잔느가 말을 받았다.

그들은 서로 가까이 앉았다. 그들의 눈길에서 나는 분명 나에 대한 호감을 느낄 수 있었다. 그러나 또한 내게 뭔가를 도와주기를 바라고 내게 무슨 일을 떠맡기기 위한 말을 찾아내려는 듯한 혼미함과 어색스러움도 마찬가지로 느낄 수 있었다.

*

샤렐의 집을 나서자 나는 선선한 밤길을 걸어 집으로 돌아가기로 마음먹었다. 나는 알랭에게 이것저것 물어보지 못한 것을 아쉬워하며 아무런 생각 없이 걸어갔다. 모든 것이 마비되어 버린 듯한 느낌이 나를 사로잡았다. 그 어둠침침한 테라스에서 그들과 같이 보낸 저녁 시간 전부가 마치 꿈같이 아련하게만 남아 있을 따름이었다.

그리고는 또다시 이 뇌이이의 텅 비어 버린 거리에서 20년 전의 그 나막신 딸각거리는 소리와 잎사귀들 살랑거리는 소리가 들려오는 듯했다.

나는 리샤르 발라스 가의 한 구석에 있는, 흔히 '마드리드 관'이라 불리는 기이하게 생긴 르네상스 풍의 건물 앞까지 왔다. 그때 까만색 승용차 한 대가 바로 내 곁에 와서 멈췄다.

"파트리크……."

알랭 샤렐이 유리문을 내리고는 머리를 내밀었다. 그는 엔진을 끄지 않았다.

"파트리크, 자네 우리랑 함께 북부역에 가지 않겠나?"

옆자리에 앉은 쉬잔느는 전혀 모르는 사람을 보는 듯한 기이한 눈빛으로 나를 쳐다보고 있었다.

"우리랑 북부역으로 가자구."

그는 눈을 크게 뜨고 나를 바라보았다. 문득 나는 그들 둘에게서 두려움을 느꼈다.

"난 안 되겠는데. 난 돌아가야 해."

"정말인가? 우리랑 같이 가지 않겠나?"

"다른 날로 하지."

"좋아, 그럼 다음날로……."

그는 무뚝뚝하게 말하고는 마치 사탕을 받지 못해 실망한 어린애 같은 식으로 고개를 까닥거렸다. 그는 성급하게 차를 몰아 코망당 샤르코 가를 빠져 나갔다.

나는 다시 걷기 시작했다. 얼마 가지 않아 나는 가슴이 덜컥 내려앉았다. 50여 미터 전방에 그의 차가 세워져 있었고 그 까만 차체는 달빛을 받아 번쩍거리고 있었던 것이다. 샤렐이 내리더니 문을 열어 둔 채로 내게로 왔다.

"자네 정말 북부역의 우리 아파트로 가지 않겠나. 그렇게만 해준다면 내게는 더할 수 없는 기쁨이겠는데……. 쉬잔느에게도 말일세……. 그녀는 벌써 자넬 매우 좋아하고 있다네."

그의 입술에 묘한 미소가 흘렀다.

"또 그럼 훨씬 덜 적적할 걸세. 안 그런가?"

그는 두 손을 윗도리 주머니에 찔러 넣고 있었다. 그것은 옛날 발베르 시절 그가 항상 점퍼 주머니에 손을 넣곤 하던 것과 똑같은 포즈였다.

그 시절에는 그때마다 화학 선생이었던 라포르 선생이 벌을 주곤 했었는데…….

"그런데 아라미스, 도대체 그 북부역 옆의 아파트에서 뭘 하자는 건지 좀 차근차근히 말해 보게나."

나는 짐짓 농담하는 투로 애써 꾸며 말했다.

"그거야…… 우선 친구들을 모아서…… 그런 자들을 친구라고 할 수 있다면 말일세……. 글쎄, 그게 좀 복잡한걸……. 내 차차 얘기해 주지."

그는 웃고 있었다. 그리고는 내 어깨를 툭 쳤다.

"물론 거긴 옛날 페르므 가에 있던 승마 연습장하고야 분위기가 다르지……. 그땐 참 좋았지. 안 그런가, 친구야? 며칠 내로 내게 전화하게나."

그는 잽싼 걸음으로 자기 차로 돌아갔다. 문이 닫히더니 그는 내려진 유리창 밖으로 팔을 내밀어 잘 가라는 신호로 흔들어 댔다. 한편 나는 보도에 선 채로 이 어렸을 적의 친구에게 좀 심하게 굴지나 않았나 하고 스스로에게 물어보았다. 도대체 그들이 그렇게 바랐는데도 왜 나는 그네들과 더불어 북부역으로 가지 않았던 것일까?

*

어느 날 밤 열한시경에 나는 전화 벨 소리에 잠을 깼다.

"파트리크? 알랭일세. 방해가 된 게 아닌가?"

"아니, 괜찮네."

대답하는 내 목소리는 잠겨 있었다.

"지금 우리를 만나러 올 수 있겠나? 나와 쉬잔느 말이야. 아주 중요한 일일세. 우린 자넬 좀 만날 필요가 있다네."

"지금 어디 있지?"

"북부역에."

"북부역?"

나는 꿈에서 내가 바람결에 실려 가고 있는 것처럼 아무런 생각도 가질 수가 없었다. 필경 그 꿈은 악몽일 것이리라.

"어때, 오겠나?"

"곧 가지."

"고맙네, 파트리크. 우린 역 바로 앞의 덩케르크 가에 있네. 데르미뉘스 노르 호텔 바로 옆의 술집일세. 듣고 있나?"

"응."

"술집 이름은 '에스페랑스' 일세. 듣고 있나?"

"응."

"빨리 오게. 아주 급한 일이야."

그는 단숨에 말을 해 버리고는 수화기를 내려놓았다.

나는 술집 안으로 들어섰다. 흰 형광등 불빛에 눈이 아렸으나 마치 칵테일 바처럼 테이블 주위에 열 명, 스무 명씩 붙어 앉아 식사를 하고 있는 사람들을 보고는 숨이 막힐 지경이었다. 웨이터들은 테이블 사이로 난 좁은 통로 사이로 지그재그로 누비고 다니고 있었고 그 사이에 한 아코디언 악사가 기계적인 동작으로 악기를 다루고 있었지만 그의 연주소리는 시끌시끌한 욕설들과 웨이터들을 불러대는 고함소리에 묻혀 버리고 말았다.

나는 거기서 식사를 하고 있는 사람들의 술에 취해 벌개진 얼굴들을 힐끔거리며 테이블 사이의 통로를 비집고 안으로 들어갔다. 대부분의 사람들은 목에 흰 냅킨을 두르고 해물들을 열심히 먹고 있었다.

쉬잔느와 알랭은 홀 끝의 구석에 있는 빈 테이블에 앉아 있었다. 음식 찌꺼기들이 남은 많은 접시들은 아직도 치워지지 않고 있었다. 나는 알랭 옆자리에 쉬잔느와 마주 보며 앉았다. 그녀는 자신에게 너무 큰 남자용 버버리 코트를 입고 있었다.

"와 줘서 고맙네."

팔을 벌려 내 어깨를 감싸더니 그는 내 어깨에 몸을 기대 왔다.

쉬잔느는 흐릿한 시선으로 나를 바라보고만 있었다. 그녀의 창백한 표정이 나는 왠지 걱정스러워졌다. 그녀가 이렇게 창백해 보이는 건 조명 때문일까, 아니면 검은색 인조 가죽으로 된 긴 의자와 대비된 탓이었을까?

"이 술집이 어떤가?"

샤렐이 짐짓 명랑한 목소리로 꾸며 내게 물었다.

"이 집은 아직까지 파리에 남아 있는 몇 안 되는 진짜 술집 중 하나라네……."

그의 말을 알아듣기 위해서는 몸을 잔뜩 그에게로 굽히지 않을 수 없었다. 우리 주위에서 큰 소리로 떠들어 대는 사람들은 무슨 결혼식 피로연이라도 벌이는 모양이었다.

"자네 뭐 좀 먹지 않겠나?"

나는 며칠 전부터 쉬잔느 샤렐에게 주려고 준비했던 선물을 내 곁에다 내려놓았다. 그건 카스틸리오네 가의 한 책방에서 구한 승마에 대한 읽어 볼 만한 책이었다. 그러나 이 술집 구석에서 창백하고 핏기 없는 표정을 하고 있는 쉬잔느에게 이런 선물을 한다는 건 좀 우스꽝스럽게 여겨졌다.

그녀는 내 손을 잡더니 힘껏 조였다.

"미안해요……. 영 좋지가 않군요……. 힘들어요."

"여보, 많이 아파?"

샤렐이 물었다.

그녀의 얼굴은 납빛처럼 새하얘졌다. 그녀의 머리는 소리내는 인형처럼 흔들거렸고 반사적으로 오른쪽 팔을 내밀어 이마를 감싸쥐었다.

"자넨 너무 걱정 말게. 곧 좋아지겠지."

샤렐이 나를 향해 말했다.

그는 쉬잔느의 어깨를 부축해 가지고는 화장실 문 앞까지 이끌고 조심조심 걸어나갔고, 그녀는 쓰러지지 않으려고 팔로 알랭의 목을 휘어감고 있었는데, 그녀가 입은 코트가 마치 낡은 실내복처럼 휘날리고 있었다. 실내의 웅성거리는 소리는 한결 더 커졌다. 바로 옆의 테이블에서는 짧은 머리에 이마에는 땀이 질펀하게 난 사내가 일어나서 술잔을 부딪치고 있었다.

나는 고개를 숙였다. 우리 테이블에 깔린 식탁보는 포도주 자국으로 온통 얼룩져 있었고, 내 바로 앞의 접시에는 아직 음식 찌꺼기가 남아 있었다.

쉬잔느와 알랭이 다시 나타났다. 알랭은 그녀의 허리를 안아 부축해 주었고 그녀의 걸음걸이는 한결 안정스러워졌다. 그들이 자리에 앉았다. 쉬잔느의 얼굴에는 다시 혈색이 돌았으나 눈동자는 이상하리만큼 휘둥그레져 있었다. 알랭의 눈도 마찬가지였다. 그녀가 웃음을 지어 보였다. 꿈꾸는 듯한 웃음을…….

"좀 괜찮아. 응, 쉬잔느?"

샤렐이 물었다.

"네, 아주 한결 살 것 같아요."

"아파트로 돌아갈까, 우리? 자네 같이 가지 않겠나, 파트리크?"

밖으로 나오자 샤렐은 거리를 좀 돌아다니자고 제안을 했다. 비가 온 후의 밤공기는 퍽 서늘했다. 쉬잔느는 우리 사이에서 두 사람의 팔을 잡고 걸어갔다.

우리는 드넹 가로 들어섰다. 북부역 주위의 혼잡과 시끄러움에서 벗어나 있는 나무가 **빽빽**이 늘어선 아주 조용한 길이었다. 빈 버스 한 대가 서 있었고 운전수는 운전대에 얼굴을 묻은 채 잠이 들어 있었다. 한 건물 정면으로 나 있는 극장 입구에서는 하와이 기타 음악이 흘러나오고 있었다.

우리는 길가의 한 벤치에 앉았다. 나는 쉬잔느에게 책을 내밀었다.

"받으세요……. 당신께 드리는 조그만 선물입니다."

그녀는 코트 깃을 세우며 휘둥그레진 눈으로 나를 응시했다. 그녀는 덜덜 떨고 있었다.

"고마워요, 정말 고마워요. 친절도 하셔라."

그녀는 책을 받아 무릎 위에 올려놓았다. 그녀는 책의 페이지를 한 장씩 넘겼고 우리 셋은 그 어둠 속에서 책에 실린 판화들을 구경했다. 쉬잔느와 알랭은 여전히 입가에 기묘한 웃음을 띠고 있었다. 그들은 완전히 꿈의 세계로 떨어져 버린 것 같았다.

쉬잔느는 결국 내 어깨에 머리를 기댔다. 분명 그들은 내가 떠나는 것을 원하지 않았고 그래서 나는 어쩌면 이 벤치 위에서 밤을 새우게 될지도 모르겠다고 생각했다. 인적 없는 큰길 건너편에는 천막을 두르고 불을 끈 트럭에서 시커먼 작업복 차림의 두 사내가 마치 비밀 거래를 하는 것같이 재빠르고 민첩한 솜씨로 석탄 푸대들을 끌어 내리고 있었다.

*

며칠 후 한 석간신문에 간단한 기사가 실려 있었다.

'지난 밤, 뇌이이에서 공장을 경영하는 36세의 알랭 샤렐은 마장타 가 126번지의 아파트에서 두 발을 총탄을 맞고 심하게 부상을 입었다. 그는 자기 부인 및 기타 다른 친구들과 함께 있었는데 증인들의 말로는 단순한 총기 오발 사고라는 것이다. 부상자는 현재 오텔디유 병원에 입원 가료 중이다.'

사람들은 나에게 복도에서 잠깐 기다리고 있으라 했다. 밝은 녹색의 벽을 따라 복도의 끝에 이르면 바로 거기에 샤렐의 입원실이 있었다.

문이 열렸다. 나타난 사람은 그러나 간호원이 아니라 내가 맨 처음 알랭에게 이끌려 마장타 가의 아파트에 갔을 때 소파 위에서 자고 있던 바고 그 흑인 여자였다. 그녀는 아주 우아한 여자옷을 들고 있었는데 나는 그것이 쉬잔느 것이리라고 생각하지 않을 수 없었다.

그녀가 내 곁에 앉더니 내게 봉투를 하나 내밀었다.

"알랭이 당신에게 드리라고 하더군요. 그는 오늘은 당신을 만날 수가 없답니다. 너무 지쳐 있어요.

나는 봉투를 뜯어 안에 든 편지를 읽었다.

친애하는 아토스에게

여기 있노라니 떠오르는 생각이라고는 그저 모든 것이 우리에게 좋기만 했던 시절 그 예쁘던 메그 선생으로부터 아주 편안한 대접을 받으며 우리 둘이 같이 양호실에 누워 있던 추억뿐이라네.

어떤 기구한 운명이 20년의 세월 동안 그 양호실로부터 지금의 이 병원에까지 나를 조금씩 조금씩 이끌고 온 것일까!

내 차차 얘기하지.

그대의 벗 아라미스

그 흑인 여자와 나는 병원을 나왔다. 그 여자는 작은 관목나무에다 마장타 가에서 보았던 그 털이 북슬북슬하던 커다란 개를 매놓았다. 나는 그녀가 매듭을 푸는 것을 도와주었다.

"당신 개인가요?"

"아녜요. 알랭과 쉬잔느의 개지만 내가 보살피고 있지요."

그녀는 나를 보며 웃었다.

"무슨 일이 있었던 거죠?"

내가 그녀에게 물었다.

"그럴 수밖에 없었어요. 그들은 거의 아무나 다 자기네 아파트에 들여 놓곤 했거든요."

그녀가 어깨를 으쓱거리며 말했다. 그녀는 더 이상의 것은 얘기하지 않으려 했다.

"당신은 오래전부터 그들을 알았나요?"

내가 다시 그녀에게 물었다.

"아뇨, 그리 오래되진 않았어요. 그들은 내게 할 일을 주고 또 자기네 집에서 살게 해줬어요."

아마 그녀는 날 의심하고 있는 것 같았다. 이 총격 사건에 대해 수사가 있게 될 모양이었다.

"그런데 당신은요? 당신은 오래전부터 그들과 알았나요?"

"알랭은 어릴 적부터 친구죠."

개는 우리보다 한 10여 미터 앞장서 가면서 우리가 계속 따라 오는가를 확인하기 위해 이따금 뒤를 돌아보곤 했다. 우리는 더 이상 아무 말도 없이 나란히 걷기만 했다. 그렇다, 지금 이 여자가 걸치고 있는 트위드 옷은 언젠가 쉬잔느가 입고 있던 바로 그 옷이었다.

우리가 포르트 생 드니에 다다랐을 무렵 나는 문득 저 털북숭이 개가 느리고 무거운 발걸음으로 북부역 근처 동네까지 우리를 인도해 가리라는 것을 깨달았다.

12
우리들만의 정원

마르크 뉴망과 나는 무슨 일로 그렇게 자주 오베르캉프의 묘지에 꽃을 가져다 놓곤 했을까?

토담집 뒤로는 만병초 풀덩굴에 가려진 낡은 담장이 솟아 있었다. 뉴망이 앞장서 기어올라가서는 밑으로 뛰어 내렸다. 그리고 나서는 내 허리를 잡아 내가 내려오는 것을 도와주곤 했다.

울타리는 더 낮은 데 있었고 반대편에는 같은 담장이지만 높이가 2m가 넘었고 조그마한 발 디딜만 한 작은 공간도 없었다.

그건 꼭 우물 바닥으로 내려가는 것 같았다. 오베르캉프가 그의 최후의 잠을 이루고 있는 이 조그만 정원 안은 아무리 더운 날이라도 무척 시원했다. 담장과 만병초 풀덩굴에는 토담집 그림자가 드리워지곤 했다. 그 아래로는 능수버들의 늘어진 잎사귀들이 오베르캉프의 무덤을 반쯤 가리고 있었다. 오베르캉프라는 이름 자체는 어느 우물의 물이나, 달빛에 반사되어 어른거리는 대리석을 연상시켜 주었다.

이 은밀한 우리만의 정원을 찾아낸 것은 뉴망이었지만 우리는 페드로 선생에게 이곳이 발베르 학교 영지의 일부분인가를 감히 물어볼 엄두를 내지 못했고, 또 우리 서로에게도 과연 우리가 반대편으로 해서 그 담을 기어내려갈 힘이 있을까를 물어볼 엄두도 내지 못했다.

뉴망은 나를 자기 어깨 위에다 무등을 태워 주었고 그렇게 해서 나는 담장 위에 걸터앉곤 했다. 서커스를 하듯이 상반신을 벌떡 일으킴으로써 그는 단숨에 담장 건너로 뛰어넘곤 했다. 그 충격 때문에 나는 하마터면 쓰러져 목을 부러뜨릴 뻔했던 적도 있었다.

오베르캉프의 무덤에서 돌아올 때면 우리는 잠수부들이 다시 수면 위로 떠올랐을 때처럼 약간 멍해져 있곤 했다.

여름밤이면 우리는 녹색 건물에 있는 방을 빠져 나와 운동장으로 몰래 나가곤 했다. 그 운동장은 가능한 한 빨리 돌아가야만 했다. 실제로 우리는 하마터면 순찰 중인 페드로 선생이나 또는 코브노비친느 선생과 그의 개 슈라와 맞닥뜨릴 뻔한 적도 있었다. 그랬더라면 우리는 소등 후 산보를 나갈 수 없게 되었을 것이다.

일단 넓은 잔디밭을 지나기만 하면 위험에서는 빠져 나온 셈이었다. 우리는 허버트 트랙 경기장과 테니스장 쪽을 향해 어두운 주차장으로 빨려 들어갔다. 숲을 향해 조그만 길이 뻗어 있었고 그 숲에 다다르면 우리는 학교 담장을 뛰어넘었다. 새벽의 어렴풋한 빛을 받으며 숲속의 빈터를 지나면 우리는 드디어 비행장 주변에 다다르게 되는 것이었다. 이 비행장은 뉴망이 어느 날 이곳을 산책하다가 찾아냈다.

그것은 어쩌면 빌라쿠블레 비행장에 부속된 것이 아니었을까? 뉴망은 절대로 아니라고 우겼다. 그는 군사 지도를 한 장 얻을 수 있었기에 우리는 돋보기를 대고 그 지도를 샅샅이 조사해 보았다. 그 비행장 표시는 거기에 나와 있지 않았다. 그때 우리는 숲 한가운데다 십자가로 그 위치를 표시해 넣었다.

우리는 철조망 가까이의 풀밭에 드러누웠다. 저편에서는 희미한 그림자들이 창고 안으로 들어가는 것이 보였고 나올 때 그들은 손수레를 밀고 나오거나 보따리들을 들고 있었다. 트럭 같은 자동차가 비행장 건너편에 세워져 있었고 거기다 사람들은 그 모든 물건들을 실었다. 얼마 안 있어 엔진 소리는 작아졌다.

창고 전면에는 불이 하나 밝혀져 있었고 그 창고 입구 앞에는 작업복 차림의 몇몇 사람들이 테이블에 둘러 앉아 카드놀이를 하고 있었다. 아니면 그저 저녁을 먹고 있는 건지도 몰랐다. 밤 공기를 타고 그들이 중얼대는 소리가 간간이 들려왔다. 음악 소리와 여자 웃음소리도 들려왔다. 간혹 활주로에는 생전 오지 않는 비행기의 착륙을 용이하게라도 해주려는 듯이 신호등이 켜져 있기도 했다.

"언제 낮에 한 번 와서 저들이 뭘 암거래하는지를 봐야겠어."

뉴망이 내게 말했다.

그러나 낮에는 모든 것이 황량하게 내버려져 있었다. 활주로에는 잡초들이 무성하게 덮여 있었고, 잘못 이어진 함석판 하나가 바람에 흔들리고 있는 창고 끝에는 고물 비행기의 잔해가 잠자고 있을 뿐이었다.

13
안개 속으로

그런데 나는 뉴망을 다시 만났다.

밝은 초록색 고무공 하나가 내 어깨로 튀어 올라왔다. 나는 뒤를 돌아보았다. 한 열 살쯤 되어 보이는 금발의 소녀가 미안하다는 듯이 나를 바라보며 공을 찾으러 갈까 망설이고 있었다. 그 애는 마침내 결심을 한 것 같았다. 공은 내게서 몇 미터 떨어진 모래밭에 굴러가 있었다. 내가 방해할까 봐 걱정스러운 듯 그 여자애는 재빨리 공을 집어 품에 감싸안더니 뛰어 달아났다.

아직 이른 오후 시간이라서인지, 백사장에는 사람들이 그리 많지 않았다. 숨이 찬 그 계집애는 감청색 수영복을 입고 배를 깔고 누운 자세로 주먹 위에 턱을 받치고 일광욕을 하고 있는 사내 곁에 가 앉았다. 그는 짧은 머리카락에 얼굴은 거의 검다고까지 할 정도로 햇빛에 그을려 있었기 때문에 나는 발베르 시절의 옛 친구인 마르크 뉴망을 금방 알아보지 못했다.

그가 나를 보고 웃었다. 그리고는 몸을 일으켰다. 열다섯 살때 뉴망은 맥 파울즈와 더불어 우리 학교에서 가장 뛰어난 필드 하키 선수였다. 그는 약간 기가 죽어 있는 내 앞에 와서 섰다.

그 조그만 계집애는 여전히 공을 가슴에 안고 그의 손을 잡은 채로 의아한 눈빛으로 나를 훑어보고 있었다.

"자네 에드몽이지?"

"뉴망!"

그가 웃음을 터뜨리더니 나를 얼싸안았다.

"웬일이야? 여기서 뭘 하고 있는 거야?"

"그런데 자네는?"

"나? 나야 애하고 놀아 주고 있지……."

그 계집애는 이제 완전히 마음이 놓인 듯 나를 보고 웃었다.

"코린느, 이 아저씨는 아주 오랜 친구란다……. 에드몽 클로드라구……."

내가 그 애에게 손을 내밀자 약간 망설이는 듯하더니 이내 손을 잡았다.

"너 아주 예쁜 공을 갖고 있구나."

내가 말했다. 그 애는 아주 부드러운 동작으로 얼굴을 숙였다. 나는 그 조그만 애의 우아한 모습에 적이 놀랐다.

"여기서 바캉스를 보내고 있는 중인가?"

뉴망이 내게 물었다.

"아닐세. 난 오늘 저녁 연극에 출연해……. 난 지금 순회공연 중이지."

"자네 배우가 된 건가?"

"글쎄, 뭐……."

나는 대답하기가 약간 거북했다.

"이곳에선 며칠쯤 머무나?"

"아니, 섭섭하지만 내일 오후엔 떠나야지. 순회 팀과 함께……."

"그거 서운하군."

그는 실망한 듯했다. 그러면서 그는 그 조그만 계집애의 어깨에 손을 얹었다.

"그런데 자넨? 자넨 여기 오래 있을 건가?"

내가 물었다.

"오, 그럼. 아마 영원히……."

"영원히라고?"

그는 아마 그 조그만 소녀 앞에서 말하기가 꺼려지는 듯했다.

"코린느…… 저기 가서 옷을 입어라."

그 소녀애가 우리 얘기를 들을 수 없을 만큼 멀어지자 뉴망이 내게 바짝 다가오며 말했다.

"이제 됐군."

그가 목소리를 낮추며 말했다.

"내 이름은 이제 뉴망이 아니라 발베르일세. 발베르 학교 이름하고 똑같지. 난 저애 엄마랑 약혼했지. 우린 지금 이곳의 별장에서 내 약혼자랑 저애랑, 내 약혼자의 엄마, 그리고 내 약혼자 엄마의 시아버지인 한 늙은이랑 같이 살고 있다네. 좀 복잡해 보이지?"

그는 숨을 몰아쉬었다.

"낭트의 대단한 부잣집이라네. 내게 있어 그건 뭔가 안정된 것을 의미해 주는 거라네. 이해하겠나? 이제껏 내가 많은 우여곡절을 겪어 왔다는 것까지 자네에게 얘기할 필요는 없겠지만……."

조그만 그 소녀애가 빨간 옷을 입고 우리 쪽으로 걸어오고 있었다. 이제 그 애는 공을 바구니에 넣어 가지고 있었다. 걸음을 내디딜 때마다 발을 흔들어서 그 애의 샌들 속으로 모래들이 스며들었다.

"난 빈둥거리며 안 돌아다닌 데가 없지."

뉴망이 점점 빨라지는 어조로 나지막하게 소곤거렸다.

"심지어 외인부대에도 한 3년 있었지. 나중에 언제 시간이 나면 자세히 얘기해 주지……. 그렇지만 잘 기억해 두게. 난 발베르야, 더 이상 마르크 뉴망이 아니란 말일세."

그는 하늘색 바지에 흰 캐시미어 셔츠를 입고 있었다. 그의 날렵한 옷차림은 학창시절 때나 조금도 다름이 없었다. 나는 문득 옛날 뉴망이 재주넘기를 할 때나 또는 다리를 가슴 위로 올려 수평으로 하고는 단 몇 초만에 줄을 타고 올랐을 때 우리와 함께 코브노비친느 선생이 놀랐던 일이 생각났다.

"자네는 변함없군."

내가 말했다.

"자네도 마찬가진데 뭘."

그는 소녀의 허리를 양팔로 안아 아주 부드러운 동작으로 자기 어깨에 얹어 무등을 태웠다. 그 애는 깔깔거리고 웃으며 고무공으로 뉴망의 머리를 눌렀다.

"이번엔 안 뛴다. 코린느, 그냥 걸어가자."

우리는 카지노 앞 광장을 향해 걸었다.

"어디 가서 한 잔 할까?"

뉴망이 말했다.

찻집은 카지노 왼편 날개의 다른 가게들 가운데 자리잡고 있었다. 우리는 빨간 꽃바구니로 둘러싸여진 테라스의 한 테이블에 앉았다. 뉴망은 진한 커피를 시켰고 나도 같은 걸로 따라서 시켰다. 소녀는 아이스크림을 먹고 싶어했다.

"그건 안 되는데, 코린느."

그러자 그 애는 실망한 듯 얼굴을 푹 숙였다.

"그래, 아이스크림을 시켜 주지. 오늘 오후에는 사탕을 먹지 않는다는 조건에서야."

"약속할게요."

"정말이지?"

그 애는 손을 내밀어 약속을 했다. 그러자 그 애가 꼭 껴안고 있던 공이 땅으로 떨어졌다. 나는 공을 집어들어 조심스럽게 그 애의 무릎에 올려놓아 주었다.

그 소녀는 아무 말 없이 아이스크림만 먹었다.

뉴망은 테이블 한복판에 접혀 있던 파라솔을 펴서 그늘지게 만들었다.

"그런데, 그럼 자넨 연극배우가 된 건가?"

"그렇다네, 이 친구야."

"자넨 학교 다닐 때에도 한 번 출연했었지. 내 기억이 나는 군……. 근데 그 연극이 뭐였지? 벌써 잊었네."

"앙드레 오베의 노예였지. 난 노예의 며느리 역을 했고."

뉴망과 나는 배를 잡고 깔깔거리며 웃었다. 소녀까지도 고개를 들더니 아무 이유도 모르면서 따라 웃기 시작했다.

"그래, 그때 나는 내가 입었던 가슴 부풀린 옷과 농부 아낙네의 치마 덕분에 상당한 성공을 거두었지."

"오늘 저녁 자네가 하는 연극을 볼 수 있다면 참 좋을걸……. 그러나 우린 별장에 남아 있어야 되네. 영감쟁이 생일이거든……."

"대단할 거 없네. 내가 맡은 건 아주 단역이니까."

카지노 광장 가장자리 우리가 앉아 있는 곳 맞은편에는 우리가 공연할 연극 포스터가 하얀 전신주 위에 붙어 있었다. 그 전신주는 마치 배의 마스트처럼 우뚝 솟아 푸른 하늘을 반으로 가르고 있었다.

"저게 자네가 출연하는 작품인가?"

뉴망이 물었다.

"그렇다네."

빨간 글씨체로 씌어진 〈마드모아젤 무아〉라는 제목은 하늘과 해변과 햇빛 아래 늘어선 텐트들과 조화를 이루어 아주 상큼해 보였다. 우리가 앉은 자리에서도 여배우의 이름이 똑똑히 보였으며 찬찬히 보면 그것의 반만 한 크기밖에 안 되는 내 오랜 친구인 실베스트르 벨의 이름까지도 읽을 수 있었다. 그러나 포스터 아래쪽에 자리잡은 내 이름은 보이지 않았다. 망원경을 쓰지 않고서야 볼 수가 없었다.

"그런데 자넨 이제 여기 자리잡고 살 작정인가?"

내가 뉴망에게 물었다.

"그렇다네. 결혼을 하고 나면 이 고장에서 사업을 하나 해볼 작정일세."

"무슨 사업?"

"부동산업."

조그만 소녀가 아이스크림을 다 먹자 뉴망은 그의 금발머리를 가볍게 어루만져 주었다.

"내 아내 될 사람은 여기 있기를 원한다네. 어느 만큼은 이 코린느 때문이지. 어린애한테는 파리보다는 바닷가에 사는 게 더좋지. 애가 다니는 학교를 자네가 한 번 보면…… 그 학교는 여기서 몇 킬로 떨어진 넓은 정원을 가진 성이라네. 그 성이 누구소유인지 짐작할 수 있겠나? 옛날 발베르에 같이 다니던 비느그렝의 것이라네."

나는 비느그렝과는 그리 친하게 사귀지는 않았다. 그러나 그의 이름은 요트랑드나 부르동 같은 이름들과 어울려 발베르 학창 시절 당시의 추억의 한 부분을 이루는 것이었다.

"우리가 사는 별장은 바로 이 카지노 뒤편에 있지. 큰 길가에

접해 있어. 오늘 저녁 아페리티프라도 마시러 오라고 초대하고 싶지만 그 영감쟁이가 계속 심기가 편칠 않아서……."

그는 다리를 의자 위로 뻗치고는 팔짱을 꼈다. 이런 포즈는 그가 옛날 휴식 시간에 종종 취하곤 했던 아주 스포티해 보이는 자세였다.

"자넨 왜 이름을 바꾼 건가?"

나는 그 소녀가 테이블에서 빠져 나간 후에야 목소리를 낮춰서 물어보았다.

"내 인생을 처음부터 다시 시작해 보려고……."

"자네가 결혼하려 한다면 어쨌거나 그들에게 자네 본명을 알려 줘야 되지 않겠나?"

"그럴 필요야 없지. 난 새 호적을 갖게 될 거니까. 제일 간단한 방법이지, 안 그런가?"

그는 두 다리를 흔들어 댔다. 하얀 해수욕 신발이 하나씩 차례로 떨어졌다.

"그런데 저애는? 아버지가 있나?"

그 소녀는 멀찌감치 떨어져 있는 곳에서 꼼짝도 않고 서서 공을 배와 팔짱낀 팔 사이에다 끼워 두고는 미장원 유리창을 열심히 들여다보고 있었다.

"아니, 쟤 아버지는 사라져 버렸어. 지금 어디 있는지 아무도 모른다네. 그게 더 잘 된 셈이지. 이젠 내가 쟤 아빠거든…….”

나는 더 이상 그에게 이런저런 것들을 물어볼 엄두가 생기지 않았다. 학교 시절부터 벌써 그는 많은 미스터리에 싸여 있었고 누군가가 그에 대해 좀더 자세한 것들, 가령 주소라든가 정확한 나이니 국적 따위를 알아보려고 할 양이면 그는 대답을 않고 웃기만 하거나 혹은 화제를 슬쩍 딴 데로 돌려 버리곤 했던 것이다. 또 수업 중에 선생이 그런 것들을 물어보면 그는 금새 태도가 굳어져서는 입을 꼭 다물어 버리곤 했다.

결국 우리는 그의 태도를 약간 병적인 소심함 탓으로 돌려 버렸고 선생들도 더 이상 묻지 않았다. 그리하여 그는 고역에서 면제될 수 있었다.

나는 좀더 용기를 내서 물었다.

“지금껏 그럼 뭘 했나?”

“뭐든지.”

한숨을 쉬며 그가 대답했다.

“3년 간은 다카르의 수출입 회사에서 일을 했었지. 캘리포니아에도 한 2년 있었고…… 거기서 프랑스 식당을 경영했지……. 그런 일 하기 전에는 타이티에서 군대 생활을 했고, 복무가 끝난 뒤에도 꽤 오래 거기 남아 있었고……. 또 모레아에 있을 적에는 옛날 클래스메이트도 하나 만났지. 포르티에, 자네도 알지? 크리스티앙 포르티에……."

그는 오랫동안 아무에게도 털어놓고 얘기해 보지 못한 것처럼, 그리고 모든 걸 다 말하기 전에 누군가가 끼어들어 자기 얘기가 도중에서 끊겨 버릴까 걱정하는 것처럼 약간 들뜬 듯이 아주 빨리 말했다.

"그러다가 외인부대에서 한 자리 했지. 거기에는 3년 간 있었네. 그리고는 탈영해 버렸지."

"탈영?'

"사실은 그게 아냐. 병력 증명서를 받게 된 걸세. 난 거기서 부상을 당했고 그래서 불구자 연금도 받을 수 있게 됐지. 그리고는 오랫동안 파뜨 부인의 운전수 노릇을 했지."

겉으로 보아 꾸밈 없고 활발한 이 친구의 주위는 그러나 여전히 안개로 감싸여 있었다. 그의 투철한 체조 솜씨 외에는 그에 관한 모든 것이 다 막연하고 불명확했다. 옛날 학창 시절, 토요일 외출 때나 혹은 주중에도 한 늙은 신사가 그를 찾아오곤 했었다.

그의 안색은 납빛이었고 지팡이를 짚고 있었으며 눈은 툭 튀어나왔고 연약해 보이는 체구를 언제나 뉴망의 팔에 의지하고 있었다. 마르크는 그를 자기 아버지라고 내게 소개했다.

그 늙은 신사는 비단으로 주머니를 해 단 플란넬 양복을 입곤 했다. 그의 말에는 딱히 알아내기 어려운 억양이 담겨 있었다. 그렇지만 실제로 뉴망은 그를 아빠라고 부르곤 했다. 그러던 어느 날 오후, 선생님이 뉴망에게 콘드리아체프 씨가 운동장에서 그를 기다리고 있다고 일러주었다. 바로 그 늙은 신사였다. 뉴망은 그에게 편지를 쓰기도 했는데 봉투에 씌어진 콘드리아체프라는 이름은 나를 한결 더 아리송하게 만들었다. 나는 그에게 해명해 달라고 청했지만 그는 단지 빙글빙글 웃기만 할 뿐이었다.

"자네가 내 결혼식에 와서 후견인이 되어 주었으면 좋겠는걸."

뉴망이 내게 말했다.

"결혼이 언젠데?"

"이번 여름 끝 무렵. 이곳에 아파트를 하나 빌리게 되면 할 걸세. 우린 도저히 그 영감쟁이랑 내 아내 될 여자의 엄마와 함께 그 별장에서 살 수가 없어. 저쪽에 아파트 하나만 얻을 수 있게 되면 좋겠는데……."

그는 무심한 태도로 해안선 끝에 있는 커다란 현대식 건물들을 가리켰다.

"근데 자네 아내 될 여자와는 어디서 알게 된 건가?"

"파리에서…… 외인부대에서 나온 다음에. 그때 내가 굉장히 허약했다는 거야 말할 필요가 없겠지. 그녀가 날 많이 도와줬지. 자네도 보게 되겠지만 참 좋은 여잘세. 그 당시 나는 혼자서는 길도 못 건널 지경이었으니까."

그가 조그만 소녀에게서 한시도 눈을 떼지 않는 걸 보면 그는 새아버지로서의 책임을 아주 성실히 다하는 것 같았다. 그 소녀애는 여전히 카지노 유리창 안을 들여다보는 데에만 정신을 쏟고 있었다.

그가 내게로 머리를 숙이더니 턱 끝으로 카지노 측면을 통해 해변으로 내려뻗친 길 방향을 가리켰다.

"저기 보게……."

그가 낮은 목소리로 말했다.

"내 약혼녀와 그의 어머니일세."

거기에는 키가 거의 비슷한 두 갈래머리 여인이 있었다. 젊은 여인은 머리가 길었고 허벅다리 중간까지 오는 가운을 걸치고 있었다. 다른 여인은 녹청색과 코발트 색의 타이티풍 치마를 걸치고 있었다. 그녀들은 우리 바로 몇 미터 옆으로 지나갔지만 꽃바구니들과 작은 관목들이 우리를 가려 주고 있었기 때문에 우리를 보지는 못했다.

"재미있지?"

뉴망이 말했다.

"멀리서 보면 두 여자가 다 같은 나이 또래로 보인단 말이야. 어때, 둘 다 예쁘지?"

나는 그녀들의 부드러운 걸음걸이와 고갯짓, 그리고 알맞게 탄 긴 다리에 매혹되었다. 그녀들은 흙을 돋구어 만든 길 가운데 멈추더니 굽 높은 구두를 벗어들고는 마치 가능한 한 오래 많은 시선을 끌어 보기라도 하듯이 천천히 백사장으로 난 계단을 걸어내려갔다.

"나도 가끔 저 두 사람을 혼동하곤 하지."

뉴망이 꿈꾸듯이 말했다.

그녀들이 지나간 곳에는 뭔가 신비로운 것들이 남겨져 있는 듯했다. 파도가 몰려 왔다. 그들에게 매료된 나머지 나는 다시 그녀들의 모습을 찾을 수 있을까 싶어 해변을 둘러보았다.

"조금 있다가 내 소개하지. 자네도 알게 되겠지만 엄마도 딸 만큼이나 예쁘다네. 그녀들은 광대뼈가 좀 나왔고 보랏빛 눈을 갖고 있지. 그런데 나로서 문제인 것은 딸만큼이나 그 엄마도 내가 사랑하고 있다는 거지."

조그만 소녀가 뛰어서 우리가 앉은 테이블로 돌아왔다.

"어디 갔다 오는 거니?"

뉴망이 물었다.

"책방에 『아피의 사과』라는 그림책을 보러 갔었어요."

그 애는 숨을 가쁘게 헐떡거렸다. 뉴망이 그 애의 손에 있던 공을 들어 주었다.

"이제 곧 바닷가로 돌아갈 거야."

그가 말했다.

"조금만 더 있다 가요."

그 애가 말했다. 그리고는 뉴망에게로 가까이 다가가더니 내게 말했다.

"제라르, 『아피의 사과』 그림책 하나만 사 주실래요?"

"제라르라구?"

수줍어진 그 애가 얼굴을 숙였다. 그 애는 감히 그림책을 사달라고 부탁한 것 때문에 얼굴이 빨개졌다.

"그래, 그래, 단 오늘 오후에는 사탕을 먹지 않는다는 조건이야. 자, 이걸로 그림책을 세 권만 사거라. 무슨 일이 있을지 모르니 돈을 조금은 지니고 있어야 하니까."

그는 주머니를 뒤져 구겨진 지폐 한 장을 꺼내 그 애에게 내밀었다.

"내게는 신문 하나만 사다 줄래?"

"그림책을 세 권이나 사요?"

놀란 소녀가 다시 물었다.

"그래, 세 권."

"고마워요, 제라르."

그 애는 뉴망의 품에 덥석 안기더니 그의 양 볼에 입맞춤을 했다. 그리고는 깡충깡충 뛰어 카지노 광장을 가로질러 갔다.

"자네, 지금 이름이 제라르인가?"

"그렇네. 성을 바꿨으면 이름도 당연히 바꿔야 하지 않겠나?"

우리 오른편 큰길 위로 붉은 얼굴에 회색 머리를 짧게 깎은 한 사내가 나타났다. 그는 아주 단정하고 규칙적으로 한 걸음씩 내딛고 있었다. 안에 밤색 천을 받친 저고리에 파란 바지를 입고 검은 펠트 슬리퍼를 신고 있었다.

"보게……. 저게 바로 그 영감쟁이일세."

뉴망이 말했다.

"그는 지금 우리를 염탐하고 있네. 매일 오후만 되면 저 영감은 우리가 정말 바닷가에 있는가를 확인하곤 하지. 일흔여섯의 나이 치고는 매우 정정하지. 자네 보기에 일흔여섯 같아 보이나?"

키가 훌쩍 큰 그의 몸은 아직 꼿꼿했다. 그의 걸음걸이는 약간 군대식이었다. 그는 산책로의 한 벤치 위에 바다를 향해 앉았다.

"저 영감쟁인 지금 프랑수아즈와 그 엄마를 감시하고 있는 거라네."

뉴망이 말했다.

"집에 돌아와서 저 형무소 간수 같은 영감쟁이 면상을 다시 보는 느낌이 어떤 건지 자네는 도저히 알지 못할 걸세."

겉으로만 보기에도 그의 뒷모습에는 뭔가 냉혹한 느낌이 서려 있었다. 그 영감쟁이는 가끔 일어나 산책로 난간에 팔을 고이고 섰다가는 다시 벤치에 돌아와 앉곤 했다.

"눈 가리고 아웅하는 격이지……. 프랑수아즈의 엄마는 어쩔 수 없이 자기 시아버지를 모셔야 한다네. 왜냐 하면 그녀나 프랑수아즈나 저 조그만 애를 살려 주는 게 바로 저 영감쟁이니 말일세. 기분 나쁜 일이지. 게다가 저 영감쟁이는 자기 이름에다 귀족 칭호까지 붙였다네. 그래 이름이 그루 드 랭이라네. 옛날엔 부동산 사업을 했다더군. 얼마나 인색한지 자네는 상상도 못할 걸세. 프랑수아즈의 엄마는 따로 가계부를 써야 하는데, 거기다가 하다 못해 단추 하나 산 것까지도 일일이 기입해야만 한다네. 그는 나 같은 건 아예 안중에도 없지. 그는 나를 거들떠보지도 않는 체하지. 또 내가 프랑수아즈와 같은 방에서 자는 걸 용납하지 않는다네. 처음부터 그 문제 때문에 나를 불신하게 된 거지. 저걸 보게나."

그 영감은 갑자기 스웨터 왼쪽 소매를 걷어 올렸다. 그의 팔뚝에는 장미꽃 문신이 새겨져 있었다.

"봤나? 저거야 별것도 아니네만……."

"어쨌든 자네는 가급적 빨리 결혼해서 부인과 함께 따로 나와 살아야 하겠군."

내가 그에게 말했다.

벤치 위에서는 그 영감이 조심스럽게 신문을 펼치고 있었다.

"에드몽, 자네에게 내 비밀을 털어놔도 되겠나?"

"물론이지."

"들어 보게……. 저 여자들은 내가 이 그루 드 랭 영감을 해치워 주기를 바라고 있다네."

"누가?"

"프랑수아즈와 그의 엄마, 그들은 내가 저 영감을 없애 주길 바란다니까."

그의 표정은 잔뜩 긴장해 있었고 이마에는 굵은 주름 몇 가닥이 패였다.

"문제는 어떻게 하면 가장 깨끗이 해치워 버릴 수 있느냐는 거지. 의혹을 남겨서는 안 되거든."

푸른 하늘과 바다, 흰색과 오렌지색 줄무늬가 있는 텐트들, 카지노 앞의 화단들, 그리고 저 아래 햇빛을 받으며 신문을 읽고 있는 한 늙은이…….

"나는 오랫동안 곰곰이 생각했지만 아무 소용이 없었네. 어떻게 저 그루 드 랭 영감을 감쪽같이 처리할 수 있을지. 알 수가 없네. 난 벌써 두 차례나 시도했었다네. 우선 내 차로…… 어느 날 밤 그가 바깥에 나와 산책을 할 때 깔아 뭉개려고 했었지. 순전히 사고인 것처럼 말이야. 하지만 그건 어리석은 계획이었어."

그는 내 반응을 유심히 살폈다. 내게서 어떤 의견을 바라는 모양이었지만 나는 그저 바보처럼 머리만 흔들었다.

"두 번째는 여기서 몇 킬로 떨어진 바츠 쉬르 메르의 돌더미에 산책을 갔을 때였지. 나는 그를 외딴 곳에서 밀어 버릴 결심이었지. 그만 최후의 순간에 맥이 빠져 버리긴 했지만 말이야……. 자넨 어떻게 생각하나?"

"난 몰라."

"어쨌건 내겐 큰 탈은 없어. 언제나 프랑수아즈와 그의 엄마가 내게 유리한 증언을 해줄 테니 말이야. 우리는 가끔 한데 모여 그에 관한 이야기를 한다네. 그녀들 생각으로는 최선의 방법은 내가 한 번 더 그를 바츠로 데리고 가는 것이라는 거지."

내 시선은 저편의 그 영감에게 머물러 있었다. 신문을 도로 접은 그 영감은 주머니에서 파이프를 꺼내 느릿느릿 담배를 채우고 있었다. '이름이 그루 드 랭이었던가?' 나는 정말 그가 돌아보는가 보기 위해 그의 이름을 소리쳐 불러 보고 싶은 충동을 느꼈다.

소녀가 그림책을 끼고 얼굴 가득히 환한 웃음을 띠고는 우리 테이블로 와 앉았다.

모든 것이 혼미스러웠다. 15년 전의 그 안개는 마르코 뉴망의 피부에 밀착되어 있었다. 분명한 질문에도 대답하지 않는 재주도 마찬가지였다. 그러나 또 나는 그의 급작스러운 다변, 마치 무거운 뚜껑에 눌려 새어나오는 수증기 같은 그의 능란한 말투도 또한 회상해 냈다. 그래, 그는 어떻게 알게 되었을까? 그 콘드리아체프 씨란 사람을…….

모호한 생각들이 이곳 햇빛이 내리쬐는 카페 테라스를 어지럽게 난무했다. 바람이 불어 흰색과 오렌지색 줄무늬가 쳐진 텐트를 부풀리고 마스트에 걸쳐진 우리 연극 포스터를 흔들리게 했다.

나는 발베르 학교가 우리 모두에게 살아가는 데 필요한 아무런 무기도 주지 않은 채 우리를 내버린 것이 아닌가 자문해 보았다.

소녀애는 뉴망에게 『아피의 사과』에 실린 그림들을 보여 주었고 ,그 소녀애의 어깨에다 얼굴을 기댄 뉴망은 그림책 페이지를 한 장씩 넘겨갔다. 가끔 그 소녀애는 얼굴을 들어 마르크를 보며 웃었다. 그 애는 퍽이나 그를 따르는 것 같았다.

14
다시 발베르 학교에서

그날 밤은 다른 여느 날 밤과는 달랐다. 나는 밤 열한시 사십 삼분에 떠나는 마지막 기차에 올랐다. 샤렐이 플랫폼에서 나를 기다려 주었다.

우리는 창구들이 다 닫혀진 홀을 가로질러 역 앞 로터리로 나왔다. 여기는 옛날에 마르틴느와 이봉과 함께 자전거를 타고 돌던 곳이었다.

우리는 공원을 따라 나 있는 보도를 거쳐 어느 길로 접어들었다. 건너편에는 '숲속의 로빈후드' 여관의 송악나무 잎들이 훈훈한 바람에 살랑대고 있었다. 그 여관의 바에는 늦은 시간까지도 환하게 불이 밝혀져 있었다. 샤렐이 담배를 사러 그 안으로 들어갔지만 사람은 아무도 없었다.

우리는 다시 걸었다. 왼쪽 콘크리트로 된 테라스 아래편으로는 둥근 창이 달린 극장 문이 보였다. 보리수나무가 연변에 늘어선 큰 신작로는 옛날 마르틴느와 이봉이 살던 독퇴르 도르덴느 가까지 뻗쳐 올라갔다. 버스정류장—건널목—시청—그리고는 청동으로 된 푸른 프록코트 차림의 오베르캉프 동상이 나타났다. 그후로는 이것이 이 마을의 유일한 주민이었던 것이다. 우리는 다리 위에 서서 비에브르 강물이 졸졸거리며 흘러내리는 소리를 들었다.

문이 반쯤 열려 있었다. 우리 앞에는 긴 소로가 펼쳐졌지만 우리는 망설였다. 조금씩 조금씩 이 북극광 같은 희미한 빛 속에서 양호실과 국기 게양대와 그리고 나무들이 그 형체를 드러냈다.

우리 둘은 안으로 들어갔다.

커다란 플라타나스가 있는 곳까지 오자 우리는 더 이상 들어갈 엄두가 나지 않았다.

풀들은 창백한 푸른빛 인광을 발하고 있었다. 바로 여기 잔디밭 위에서 우리는 경기를 시작하기에 앞서 페드로 선생의 호각소리를 기다리곤 했지.

우린 정말 순수한 녀석들이었는데……

잃어버린 사랑의 순례기

진 형 준

파트리크 모디아노Jean Patrick Modiano가 금년도 노벨문학상 수상자로 선정되었다. 프랑스 라디오 방송에서 모디아노가 노벨문학상 수상자로 선정되었다는 소식을 듣고 나는 혹시 내가 잘못 들은 것은 아닌가, 귀를 의심했다. 모디아노 정도의 작가라면 이미 노벨문학상을 받았으리라는 무의식이 잠재해 있었던 것이다. 당연히 이미 받았어야 할 작가가, 아주 뒤늦게 노벨상을 받은 셈이다.

모디아노는 1945년 7월 30일 파리의 불로뉴 비앙쿠르Boulogne-Billancourt에서 태어났다. 1968년 『에투알 광장La Place de l'Éoile』을 발표하자마자 로저 니미에Roger- Nimier 상과 페네옹Fénéon 상을 동시에 수상하여 일약 프랑스 문단의 총아로 각광을 받는다. 이후 그는 1972년 『외곽순환도Les Boulevards de ceinture』로 아카데미 프랑세즈 소설 대상을, 1975년 『슬픈 빌라Villa triste』로 출판사 대상을 수상했고 1978년에는 『어두운 상점들의 거리 Rue des Boutiques obscures』로 프랑스 문단의 최고봉인 공쿠르 상을 수상하기에 이른다. 공쿠르 상을 수상한 이후에도 그의 정력적인 작품 활동은 계속되어, 1981년의 『어느 젊은 시절Une jeunesse』, 1982년의 『그토록 순수한 녀석들De si braves garçons』로부터 2010년의 『지평선L'Horizon』, 금년도의 『네가 거리에서 길을 잃지 않기 위해서Pour que tu ne te perdes pas dans le quartier』에 이르기까지 20여 편의 장편을 발표한다. 그뿐이 아니다. 모디아노는 수많은 에세이, 시나리오를 쓰기도 했으며 아이들을 위한 작품도 썼고 희곡도 썼으며 자전적 이야기를 쓰기도 했다. 르클레지오가 노벨문학상을 수상한 지 6년 만에 열다섯 번째 프랑스인 수상자가 된 파트리크 모디아노의 작품들은 전 세계 36개 언어로 번역이 되어 전 세계에 수많은 열렬한 독자를 가지고 있다. 그것은 그의 작품들이 빚어 내고 있는 우울한 색조에도 불구하고 아주 단순한 줄거리, 간략하고 적확한 서술, 일관된 이야기의 전개들을 그 특징으로 하고 있어, 독자들이 쉽게 그의 작품 세계에 빠질 수 있게 해주기 때문이다.

아름다운 호수가 내려다보이는 평화로운 언덕에서 간접적으로 알제리 전쟁의 기억을 더듬는 「슬픈 빌라」를 예외로 치면, 그의 모든 작품들을 제2차 세계대전 당시 독일 점령 기간 동안의 분위기를 그려 내는 데에 바쳐지고 있다. 가령 『밤의 롱드La Ronde de nuit』에서의 주인공은 이중첩자로서 게쉬타포와 레지스탕스에 동시 가담해 활약하며 『외곽 순환도로』에서, 행방불명이 된 아버지를 찾아 나선 아들은 1942년 드디어 아버지를 찾아내기에 이르지만 아버지는 독일군에 협력하는, 조국의 배반자가 되어 있다. 또 1975년에 모디아노가 쓴 시나리오인 『라 콩브 뤼시앙Lacombe Lucien』(이것은 루이 말에 의해 영화화되어 70년대 프랑스 영화의 상징적 작품이 되었다.)에서 제목과 동명인, 성질이 거친 한 농부는 독일 경찰에 투신해 온갖 잔악한 일을 하다가 사랑에 이끌린 나머지 한 유태인 처녀를 구출해 주지만 그럼에도 불구하고 결국 해방이 되자 총살당하고 만다. 이렇듯 그의 모든 작품에는 하나같이 전쟁의, 특히 제2차 세계대전의 우울한 그림자가 짙게 드리워져 있고, 그에 따라 그의 작품들은 하나같이 페시미즘에 물들어 있는 것처럼 보인다.

모디아노는 1945년생이므로 제2차 세계대전의 경험이 없다. 그런데도 그의 작품들은 대개 독일 점령시의 파리를 중심으로 펼쳐진다. 그리고 역사의 비극과 마주한 평범한 사람들의 삶을 묘사한다. 이번에 스웨덴 한림원이 그에게 노벨 문학상을 수여

하면서 설명했듯이 그의 회상조의 작품들은 독일 점령기의 "도무지 불가해한, 또한 감추어진 인간의 운명을 우리에게 그려 보임으로써" 인간 존재에 대한 근원적인 질문으로 우리를 이끈다. 그 우울했던 시대, 모든 개인들의 행복한 삶을 역사의 희생물로 만들어 버린 그 시대를 천착하는 일이 모디아노 작품에서 일관된 주제를 이루고 있는 것이다.

이 작품도 예외는 아니다. 작품 속에서 조니라는 인물이 스스로 회상하고 있는 자신의 삶이 그러하다. 그는 오스트리아에 살다가 독·오 합병으로 인해 할머니와 함께 프랑스로 오게 된다. 할머니마저 미국으로 떠나자 그는 홀로 파리에 남아 여기저기를 전전한다. 그리고 우연히 만난 한 여인과 외로움을 나눈다. 그러던 중 어느 날 우연히 검문에 걸려 동부전선으로 끌려가게 된다. 그 어느 곳에서도 개인의 선택은 찾아볼 수 없다. 그것은 역사의 희생물이 된 개인의 삶, 바로 그것이다. 작가는 자신의 작품에 대해 '나의 목표는 어떤 박명의 어렴풋한 세계를 그려 보이려 노력하는 일이다' 라고 말하고 있다. 또 그의 공쿠르 상 수상 작품인 『어두운 상점들의 거리』의 에필로그에서는 '그러나 나는 찾아야 한다. 시간이 멸滅한 나보다 더 많은 나를' 이라고 천명하고 있다.

제2차 세계대전 시기는 모디아노에게 있어 '박명의 어렴풋한 세계', 작가의 개인적인 생의 관심을 넘어 많은 사람들의 생이 한데 어우러져 있는, 일종의「선사시대」를 이룬다.

모디아노의 이런 면모들은 이 작품에도 선명히 반영되어 있다.

여기에서도 모디아노는 15년, 혹은 20년, 아니 그 이상이거나 그 이하이거나에 상관없이 '시간이 멸滅해 버린 나보다 더 많은 나를' 찾아 나서고 있다. 비록 이제는 사라져 버렸지만 화자와 등장인물들의 추억 속에 생생히 남아 있는 발베르 학교는 그들의 생애의 요람이었으며, 거기서 함께 생활했던, 그러나 그 이후 서로 뿔뿔이 흩어져 버린 친구들은 그들의 생의 가장 아름다운 한 부분을 나눠 가지고 있는, 그런 의미에서 서로의 분신들인 것이다.

이렇듯 조각조각 부서진 삶의 파편들을 다시 모아 맞추는 작업은 파트리크라는 한 연극배우에 의해 이루어진다. 어쩌면 파트리크라는 화자는 파트리크 모디아노 자신일지도 모른다. 그러나 그것은 아무래도 상관없는 일이다. 사실 그의 모든 소설에는 자전적 요소가 짙게 배어 있지만 그것이 독자들의 객관적인 독서와 감동을 방해하지는 않는다. 오히려 그것은 작가의 상상력에 의해 완전히 탈바꿈되어 있기 때문에 적극적인 의미에서의 소설적인 분위기를 이룩해 내는데 성공한다. 그것은 여러 점에서 입증된다.

우선 화자와 인물의 관계를 살펴보자. 이 소설의 화자인 파트리크의 학창 시절의 이름은 에드몽 클로드이다. 그러니까 에드몽 클로드라는 인물은 화자 자신이지만 그러나 그것은 현재의 회고적 시점에 의해 제삼자화된 인물의 성격을 갖게 된다. 앞부분에서는 다소 모호하게 암시되어 있는 이러한 동일 인물의 중복은 뒤에 파트리크가 뉴망이라는 인물과 만나는 장면에서 분명해진다.

그러나 이것이 보다 직접적인 효과를 발휘하는 것은 라포르 선생과의 만남에 대한 회고 장면에서이다. 순회 공연 도중 어느 마을에서 에드몽 클로드=파트리크는 옛날 발베르 학교의 화학 선생이었던 라포르 선생을 만난다. 그리고는 그와 함께 저녁을 먹고 지난 일들을 추억하며 같이 시간을 보낸 후 비가 내리는 밤, 그들이 잠깐 동안 같이 보냈던 식당의 양철 처마 아래서 헤어진다. 몇 년 후 그는 파리의 한 극장 앞에서 라포르 선생을 우연히 다시 보게 되는데 그 장면은 이렇게 서술되어 있다.

그래. 어느 해 크리스마스 이브에, 내가 어린 두 딸과 함께 월트 디즈니의 영화 한 편을 상영하고 있는 '렉스' 극장 입구에 서 있는 모습을 그려 보게나. 줄지어 서 있는 사람들은 모두 부모들과 함께 온 아이들뿐이었지. 우리들 앞 몇 번째에선가, 흰 머리의 유난히 뻣뻣한 사내가 내 주의를 끌더군. 그는 누런 외투를 입고 때에 전 잿빛의 목도리를 두른 채 혼자 서 있었어. 그는 혹시 혼자 와서 자기와 말동무라도 할 만한 아이를 찾는 듯이, 자기 주변의 아이들을 슬금슬금 둘러보았지. 그리고 우리들과 눈이 마주쳤어. 바로 라포르였어.

대화체로 되어 있는 회상 장면에서 화자와 청자聽者가 누군가는, 앞서 말한 인물의 중복을 떠올리면 금방 짐작할 수 있다. 즉 화자는 현재의 화자, 이 소설 전체의 화자인 파트리크이며 청자는 몇 년 전 라포르 선생을 만났을 당시의 에드몽 클로드인 것이다. 이렇듯 동일 인물의 대타화對他化를 통해 모디아노가 노리고 있는 것은 작가 혹은 화자의 주관적 정서의 개입을 가급적 억제함으로써 독자의 상상력이 참여할 수 있는 여지를 최대한으로 넓혀 작품의 울림의 폭을 한없이 확장시키고자 하는 데 있다. 따라서 간결하게 절제된 서술을 주된 특징이자 장점으로 하는 모디아노 소설들은 그 물리적인 분량과는 비교가 안 될 만큼 넓은 의미의 장場을 거느리게 된다.

상상력을 통한 독자의 폭넓은 참여를 통해 작품의 궁극적 완성을 도모하고자 하는 모디아노의 감춰진 의도는 그의 애매성에서 비롯하기도 한다. 가령 이런 구절을 예로 들어 보자.

계단을 내려오면서 비로소 나는 내가 여전히 내 친구의 더러운 내의들이 들어 있는 흰 가죽 가방을 들고 있다는 것을 알아차렸다.

잠시 정신을 딴 데 팔았던 때문이었을까, 아니면 다시 한 번 포르티에 부인의 아파트에 들를 수 있는 핑곗거리를 만들기 위한 것이었을까?

화자는 막 이성에 눈을 뜬 상태이다. 그 상황에서 그는 포르티에 부인에게 전해 주었어야 할 가방을 전해 주지 않는다. 그러나 왜 가방을 전해 주지 않았는지 그 이유는 아주 애매하게 처리되어 있다. 즉 두 가지 이유 가운데 선뜻 어느 한 가지 이유만을 내세울 수는 없는 것이다. 가방을 전해 주지 않은 이유는 아마도 두 가지 다일 것이다. 그리하여 작가는 애매하게 제시된 이 두 개의 이유를 통해 이성에의 눈뜸이라는 하나의 사건을 사건으로서만 부각시키지 않는다. 그보다는 애매하게 처리된 이유들을 더 부각시킨다. 그리고 그 애매한 각각의 이유들이 독자의 상상력을 자극한다. 그리하여 독자는 그 순간의 분위기 자체를 아련하게 떠올릴 수 있게 된다.

이같은 면모는 또 이 소설을 프랑스 문학의 오랜 전통의 하나인 모랄리스트moralist(인간성 탐구자) 문학의 계보와 연결시켜 주기도 한다. 아무튼 모디아노의 소설들은 그 담백한 문체와 간결한 구성을 통해 독자의 상상력을 무한대로 증폭시켜 주는 어떤 마력을 지니고 있다. 이 소설 역시 예외는 아니다. 그렇다면 무한한 상상력의 공간으로 독자들을 초대하여 작가가 보여 주려는 것은 무엇인가?

이 소설 전부를 지배하고 있는 일관된 정서는 어떤 페이소스이다. 알 수 없는 우수는 숙명처럼 등장인물들 모두에게 우울한 그림자를 던지고 있다. 폐인이 되어 버린 라포르 선생, 행복한 날을 우울히 꿈꾸며 군에 입대하는 미셀, 다가갈 수 없는 바다에 미쳐 버린 맥 파울즈, 어른이 된다는 두려움에 떠는 데조토나 크리스티앙 포르티에, 쾌활함을 잃어버린 요트랑드, 사기꾼에 걸려 몸과 일생을 망쳐 버린 마르틴느, 청부살인자가 된 뉴망, 마약 중독자가 된 샤렐 등등, 그들 모두는 세월의 거친 파도를 이겨 내지 못하고 좌초해 버린 인물들이고, 이들을 바라보는 화자의 시선은 연민과 안타까움으로 물들어 있다. 그러나 이들의 운명은 이미 발베르 학교 시절부터 피할 수 없이 부과되어져 있었다.

친구들과 나는 그 사나이의 우울한 가호 아래서 자라났으며, 아마도 우리들 중 몇몇은 자신도 모르는 채 아직도 그 흔적을 간직하고 있으리라.

나는 발베르 학교가 우리 모두에게 살아가는 데 필요한 아무런 무기도 주지 않은 채 우리를 내버린 것이 아닌가 자문해 보았다.

그들 모두는 '필요한 아무런 무기도 지니지 않은 채' 한 파란 많았던 사내의 '우울한' 운명의 그림자를 지니고 세월의 풍상에 내맡겨졌던 것이다. 그들의 파괴된 모습은 운명적인 세월의 풍화 작용에 깎여 나간 그들의 청춘, 그들의 꿈, 그들의 학창 시절에 다름 아니다. 그러나 화자는 이렇듯 상실된 젊음의 그들을 추적하여 현재의 일그러진 그들의 모습에 그 옛날의 학창 시절을 투영시킴으로써 그 세월의 아픔을 어루만져 준다. 이것은 '세월이 멸한 것'을 다시 찾아 내려는 모디아노 자신의 문학적 추구에서 탄생되는 사랑의 결정체이다. 그리하여 세월의 파괴력이 자아내는 서글픈 우수는 그 파괴를 이겨내고 파괴 이전으로 거슬러 올라가려는 노력에 의해 사랑으로 감싸이게 되는 것이다. 모디아노의 이같은 면모는 그로 하여금 '잃어버린 시간'을 찾아 나섰던 프루스트를 방불케 해주기도 한다. 이 책이 연민과 안타까움으로 바라볼 수밖에 없는, 우울한 운명을 지닌 사람들, 역사라는 운명에 휘말려 희생당한 사람들의 이야기를 전하고 있으면서 『그토록 순수한 녀석들』이라는 제목을 하고 있는 것은, 그들의 황폐해진 삶에 사랑의 온기를 불어넣어, 그 선

량함 자체를 다시 살아보려는 작가의 의도를 그대로 전해 준다. 과거를 회상하는 것이 아니라 과거를 다시 살아낸다는 것, 바로 그 때문에 그를 오늘날의 마르셀 프루스트라고 평가하는 것이 가능해지는 것이다. 마지막에서, 이제는 없어진 발베르 학교의 그 옛날 운동장에 서서 추억을 완성하는 이 소설은 결국 세월 속에 '잃어버린 사랑을 찾아' 헤매는 한 사나이의 순례기라 할 수 있다.

그토록 순수한 녀석들

초판 1쇄 발행일   2014년 11월 1일

지은이 · 파트리크 모디아노
옮긴이 · 진형준

펴낸이 · 김종해
펴낸곳 · 문학세계사
주소 · 서울시 마포구 신수로 59-1(121-856)
대표전화 · 02-702-1800   팩시밀리 · 02-702-0084
이메일 · mail@msp21.co.kr
홈페이지 · www.msp21.co.kr(문학세계사)
페이스북 · www.facebook.com/munsebooks
출판등록 · 제21-108호(1979.5.16)

값 10,000원
ISBN 978-89-7075-592-2   03860